Diogenes Taschenbuch 22631

Georges Simenon

## *Neues vom kleinen Doktor*

*Drei Geschichten
Deutsch von
Renate Heimbucher und
Bettina Klingler*

Diogenes

Titel der Originalausgabe:
›Le petit docteur‹
Copyright © 1943 by Georges Simenon
›Der Tote, der vom Himmel fiel‹ und
›Das Schloß der roten Hunde‹
wurden von Renate Heimbucher,
›Der Pantoffelliebhaber‹ von
Bettina Klingler übersetzt.
Umschlagfoto: Louis Monier
Aus: Nathalie Mont-Servan, ›Paris‹
Copyright © Gründ, Paris

*Deutsche Erstausgabe*

Alle deutschen Rechte vorbehalten
Copyright © 1994
Diogenes Verlag AG Zürich
80/94/36/1
ISBN 3 257 22631 4

## *Inhalt*

Der Tote, der vom Himmel fiel  7
*Le mort tombé du ciel*

Das Schloß der roten Hunde  61
*Le château d'arsenic*

Der Pantoffelliebhaber  113
*L'amoureux en pantoufles*

*Der Tote, der vom Himmel fiel*

I

*Eine Leiche wird gefunden, und dieser Fund
verschafft dem kleinen Doktor
den Besuch einer forschen jungen Dame*

»Dreimal täglich zehn Tropfen, hören Sie?« schrie der kleine Doktor der Mère Tatin ins Ohr, die für heute seine letzte Patientin war.

Sie nickte leicht mit dem Kopf und lächelte dabei nach Art der Schwerhörigen. Was sie wohl verstanden hatte? Es war nicht weiter wichtig, da es sich um ein harmloses Medikament handelte.

Wie gewohnt öffnete Jean Dollent seiner Patientin die kleine Tür, die direkt auf die Straße führte. Ebenso gewohnheitsmäßig machte er die zweite Tür, die zum Wartezimmer, ein Stück auf, um nachzusehen, ob wirklich niemand mehr da war. Das Wartezimmer lag im Halbdunkel. Er hatte die junge Dame, die aufstand und selbstbewußt in sein Sprechzimmer trat, zuerst gar nicht bemerkt.

Als er sie dann im hellen Licht sah, eine tadellose Erscheinung im hocheleganten Schneiderkostüm, runzelte er unwillkürlich die Stirn, denn es war das erste Mal, daß seine bescheidene Landpraxis von einer so eleganten Person, einem so hübschen jungen Mädchen beehrt wurde.

»Entschuldigen Sie bitte die Unordnung...«, stammelte er. »Ich habe heute nachmittag an die zwanzig Patienten gehabt, und...«

Hätte er wenigstens einen Kittel überziehen und sich die Haare kämmen können!

Die Unbekannte hatte sich unterdessen auf die Lehne eines Sessels gesetzt, dessen Sitzfläche mit allerlei Kram vollbeladen war. Aus einem Etui, in das ihre Initialen eingraviert waren, zog sie eine Zigarette und zündete sie mit einem goldenen Feuerzeug an.

»Ihr Stellvertreter ist doch zur Zeit frei?« begann sie. »Doktor Magné, stimmt's?... Ich habe mich erkundigt, bevor ich hereingekommen bin, und ich weiß, daß Sie ihm Ihre Patienten anvertrauen, wenn Sie mit einem Kriminalfall beschäftigt sind... Am liebsten würde ich Sie gleich heute abend mitnehmen...«

Zu behaupten, er sei überrascht gewesen, wäre eine lächerliche Untertreibung. Sogar verdattert ist noch ein zu schwacher Ausdruck. Er riß buchstäblich die Augen auf und starrte die junge Dame an, die noch keine vierundzwanzig war und derart forsch und ungeniert über ihn verfügte.

»Entschuldigen Sie, Mademoiselle... Ich bin Arzt, nicht Detektiv... Vielleicht ist es ja zufällig mal vorgekommen, daß ich...«

»Und wenn Ihnen der Zufall erneut die Gelegenheit bietet, von Ihrem Talent Gebrauch zu machen? Sie haben doch sicher von dem geheimnisvollen Toten in Dion gehört?«

Dion war ein kleines Dorf, vierzig Kilometer von Marsilly und drei, vier Kilometer von Rochefort entfernt. So leidenschaftlich er sich auch für Kriminalfälle interessierte, in den letzten Tagen hatte der kleine Doktor nicht einmal Zeit zum Zeitunglesen gehabt.

»Sie müssen entschuldigen, ich bin nicht auf dem laufenden...«

»Dann erzähle ich Ihnen, was in Dion passiert ist, und wenn Sie mich angehört haben, werden Sie mitkommen. Zuerst aber möchte ich Ihnen die zwei Tausender hier als Vorschuß geben... Ich bin heute extra nach Niort gefahren und habe einen Ring verkauft, um zu Geld zu kommen... Sie machen diese Untersuchung für mich, ganz allein für mich, darauf lege ich großen Wert...«

»Armer Kerl!« konnte der kleine Doktor nicht umhin zu denken, als er sich den Mann vorzustellen versuchte, der das junge Mädchen einmal heiraten würde. »Der wird zu Hause nicht viel zu sagen haben!«

Gleich darauf jedoch war er mit seinen Gedanken ganz bei der Geschichte, die ihm in nüchternen Worten erzählt wurde, mit einer Klarheit und Sachlichkeit, wie sie in Polizeiberichten selten anzutreffen sind.

So verging die Zeit. Anna öffnete die Tür einen Spaltbreit und fragte mit einem neugierigen Blick auf das junge Mädchen, das jetzt auf der Schreibtischkante saß und eine Zigarette nach der anderen rauchte:

»Um wieviel Uhr möchten Sie Ihr Abendessen?«

Dollents Blick begegnete dem seiner Besucherin. Er wollte eigentlich nicht nachgeben, und sei es auch nur, um sie ein wenig zu ärgern. Doch dann antwortete er:

»Ich esse nicht zu Hause... Ich schlafe auch nicht hier...« Er konnte nicht anders.

Kurz darauf stieg die junge Dame in eine luxuriöse

Limousine, die sie selbst steuerte, während der kleine Doktor, der sich inzwischen umgezogen hatte, seine *Ferblantine* startete.

Cogniot, besser bekannt unter dem Namen »der Stotterer«, hatte die Leiche entdeckt. Das war bereits vor sechs Tagen gewesen, am ersten Dienstag im April. Morgens um halb sieben war er in den Gemüsegarten gegangen, Holzpantinen an den Füßen, Pfeife im Mund, einen Schubkarren vor sich herschiebend, den er aus der Remise geholt hatte. Das Wetter war klar und frisch.

Es war ein weitläufiger Gemüsegarten, mit Sorgfalt gepflegt wie ein öffentlicher Park. Von drei Seiten umgab ihn eine weiße Mauer, an der Spalierobst wuchs. Die vierte Seite wurde durch das Herrenhaus begrenzt, das man im Dorf wegen seiner Größe das ›Schloß‹ nannte.

Das Schloß war vor etwa fünfzehn Jahren von einer reichen Familie, den Vauquelin-Radots gekauft worden, die den größten Teil des Jahres darin wohnten.

Cogniot war der Gärtner. Seine Frau kümmerte sich um den Hühnerhof. Außer ihnen gab es noch vier weitere Hausangestellte: einen Diener, eine Köchin und zwei Zimmermädchen.

»Und das alles für drei Personen!« seufzte Cogniot kopfschüttelnd.

Morgens um halb sieben jedoch dachte er an nichts anderes als an den Mist, den er in aller Ruhe auf den Rabatten ausstreuen wollte. Eine Minute später rannte er auf das Schloß zu und schrie laut um Hilfe, was bei seinem Stottern recht komisch klang.

Im frisch gepflanzten Salatbeet an der Mauer hatte Cogniot die Leiche eines Mannes entdeckt, den er nicht kannte, nie gesehen hatte, der keinerlei Ähnlichkeit mit den Leuten hatte, denen man im Dorf zu begegnen pflegte.

Nicht nur, daß der Mann tot war, neben ihm lag auch ein großes, blutbeschmiertes Messer, und auch die weiß gekalkte Mauer war Gott weiß wieso mit Blut bespritzt.

Das alles wußte der kleine Doktor, als er die Straße nach Rochefort entlangfuhr, von dem jungen Mädchen, Martine Vauquelin-Radot. Sie war die Nichte von Robert Vauquelin-Radot, dem das ›Schloß‹ in Dion gehörte.

Der Feldhüter war gekommen, dann der Bürgermeister, danach die Polizei aus Rochefort und schließlich die Staatsanwaltschaft. Einen ganzen Tag lang waren sie auf den Rabatten des armen Cogniot herumgetrampelt, der noch nie in seinem Leben so sehr gestottert hatte, denn er mußte seinen Bericht mindestens zwanzigmal wiederholen.

»Ich gehe also mit meinem Schubkarren und meiner Pfeife durch den Garten und denke gerade, daß es wohl ein schneckenreiches Jahr geben wird, da...«

Die Leiche war von allen Seiten fotografiert, die Fotos mit einer genauen Beschreibung in allen Zeitungen veröffentlicht worden. Niemand hatte ihn gesehen. Niemand kannte ihn. Man hätte meinen können, er sei vom Himmel gefallen, um in diesem stillen Gemüsegarten zu sterben, an einem Messerstich mitten ins Herz.

Der Tod, so bescheinigte der Arzt, war am Abend zuvor gegen neun Uhr eingetreten.

Der Spezialist vom Erkennungsdienst, der das Messer untersucht hatte, äußerte sich noch entschiedener: nicht ein einziger Fingerabdruck auf dem Messergriff, der aus Holz war und Abdrücke deshalb besonders leicht hätte annehmen müssen. Der Tote trug keine Handschuhe.
»Trotzdem kann es nur Selbstmord sein!« meinte Monsieur Vauquelin-Radot. »Wer hätte denn ausgerechnet in meinem Gemüsegarten einen Menschen umbringen sollen...«
»Erscheint es Ihnen glaubhafter, daß ein Mann, den keiner kennt, eigens hierher kommt, um sich selbst zu erstechen, was besondere Kaltblütigkeit erfordert und praktisch unmöglich ist, ohne Fingerabdrücke zu hinterlassen?«
Doch es gab in diesem Fall noch verrücktere Details.
Da war zuerst einmal der Tote selbst, seine äußere Erscheinung jedenfalls, denn lebend hatte ihn niemand zu Gesicht bekommen. Er mußte um die fünfzig sein. Er war sehr mager, sein Körper gezeichnet von Entbehrungen und übermäßigem Alkoholgenuß, wie der Gerichtsarzt aus Rochefort, der achtfacher Vater und Vorsitzender eines Temperenzvereins war, besonders hervorhob.
Sein silbergraues Haar trug er sehr lang, nach Künstlerart, dazu ein spitz zugeschnittenes Bärtchen und darunter eine schwarze Schleife, so wie früher die Maler am Montmartre.
Dort, zwischen Sacré-Cœur und der Rue Lepic, wäre er gar nicht aufgefallen... Aber in Dion!...
Mußte man davon ausgehen, daß er wirklich ein mittel-

loser alter Maler war oder ein heruntergekommener Fotograf oder auch irgendein armer Kabarettsänger?

Zu welcher Hypothese man auch neigen mochte, eine Frage stellte sich immer wieder: Wozu war er nach Dion gekommen? Und warum war er über die wenn auch nicht allzu hohe und nicht mit Glasscherben bewehrte Mauer in Vauquelin-Radots Gemüsegarten geklettert?

Und wie war er überhaupt hergekommen, *ohne einen Centime in der Tasche?* Denn die Taschen seines sehr abgetragenen und speckigen Anzugs waren absolut leer. Kein Tabak, keine Zigaretten, kein Portemonnaie, nichts von dem Krimskrams, den sonst noch der ärmste Mann bei sich hat. Nicht einmal ein Taschentuch!

Nur eine Brieftasche, die er seit Jahren bei sich getragen haben mußte, denn das Ding war völlig formlos geworden. Und diese Brieftasche, die früher wahrscheinlich mit Dokumenten aller Art vollgestopft gewesen war, enthielt nichts als ein Blatt Papier.

Welche Bedeutung war diesem Zettel beizumessen? Mußte man annehmen, wie es der Untersuchungsrichter tat, daß er der Kernpunkt der ganzen Angelegenheit war?

Es war eine Botschaft aus einzelnen, aus einer alten Zeitung ausgeschnittenen und aufgeklebten Buchstaben:

*Montag neun Uhr, am vereinbarten Ort. Diskretion und höchste Geheimhaltung.*

Gaben nicht gerade die letzten zwei Worte Anlaß zur Vermutung, daß es sich um ein Täuschungsmanöver oder um den Streich eines allzu romantischen Lausbuben handelte? Leider aber war der Mann gerade am Montag um neun Uhr abends gestorben!

War er mit dieser Botschaft nach Dion gelockt worden, in den Gemüsegarten hinter dem Schloß, hatte er sich dort mit jemand treffen wollen?

Niemand hatte ihn durchs Dorf gehen sehen. Dabei war schönes Wetter gewesen, und manche Leute waren noch vor ihrer Tür im Freien gesessen, obwohl es schon dunkel wurde.

Ein Fahrrad war nicht gefunden worden. Auch den Bus hatte der Unbekannte nicht genommen.

Die Ermittlungen waren alles in allem nicht weniger sorgfältig gewesen als in anderen Fällen. Die Kleider waren gründlich untersucht worden. Dabei hatte man festgestellt, daß die Firmenzeichen herausgetrennt worden waren, und auch an den Schuhen war keinerlei Hinweis mehr zu finden.

Ein Inspektor hatte die Angestellten am Bahnhof in Rochefort verhört. Einer der beiden erinnerte sich vage, einen Fahrgast gesehen zu haben, auf den die Beschreibung paßte und der am Montag um fünf Uhr nachmittags aus dem Zug von Bordeaux ausgestiegen war. Der Reisende hatte eine einfache Fahrkarte dritter Klasse Bordeaux–Rochefort abgegeben.

Ganz automatisch vermerkte der kleine Doktor in einem Winkel seines Gedächtnisses: »Keine Rückfahrkarte! Der Mann hatte also nicht vor, nach Bordeaux zurückzukehren, jedenfalls nicht so bald...«

Das war alles. Jedenfalls was die puren Fakten betraf. Doch genau hier begann das Drama. Martines Stirn hatte sich noch mehr verdüstert, und sie stieß eine Rauchwolke durch die Nasenlöcher aus.

»Der Mann, Doktor, ist bestimmt mein Vater, Marcel Vauquelin-Radot...«, warf sie nach kurzem Schweigen hin. »Und auch wenn ich noch nicht Anklage erheben kann, habe ich doch den Verdacht, daß mein Onkel Robert ihn hergelockt hat, um ihn zu ermorden... Und deshalb will ich...«

*Will ich* hatte sie ohne das leiseste Zögern gesagt.

»... deshalb will ich, daß Sie privat ermitteln, in meinem Namen, unabhängig von den amtlichen Ermittlungen, die zu sehr von meinem Onkel beeinflußt sind... Mein Onkel ist reich... Seit seiner Heirat ist er einer der ganz Großen in der Suez-Gesellschaft... Die Beamten und sogar die Staatsanwälte lassen sich durch seinen Namen und seine Titel einschüchtern... Er schreibt Geschichtsbücher und hofft, eines Tages Mitglied im Institut de France zu werden...«

Anders als er geplant, fuhr der kleine Doktor an diesem Abend nicht mehr nach Dion. Es war schon spät. Er hatte Hunger. In der Bahnhofsgaststätte von Rochefort aß er zuerst gemütlich zu Abend, und nachdem er sich ein Hotelzimmer hatte reservieren lassen, machte er wie immer bei seinen Ermittlungen noch eine Runde durch die Bistros, mit dem felsenfesten Vorsatz, sich aller alkoholischen Getränke zu enthalten, aber einer weit geringeren Standhaftigkeit.

»Sagen Sie, Herr Ober... Haben Sie letzten Montag auch Dienst gehabt?«

»Ja, Monsieur... Sie wollen sicher wissen, ob ich nicht einen Typ mit einer Künstlerschleife gesehen habe... Sie sind der dritte in dieser Woche, der mir diese Frage stellt...«

Wie ärgerlich... Aber er ließ sich nicht entmutigen... In der siebten, von einer rechtschaffenen und sehr geschwätzigen Frau geführten Kneipe hatte er endlich Erfolg.

»Ich weiß schon, worauf Sie hinauswollen... Ein Künstler, nicht wahr? Hat mich ganz schön betroffen gemacht, als ich sein Bild in der Zeitung sah... Ich hab's auch schon zu Ernest gesagt, der am Dienstag die Limonade gebracht hat: Man könnte meinen, der arme Kerl hat geahnt, was ihn erwartet...«

»War er traurig, beunruhigt?«

»So genau kann ich das nicht sagen... Nein! Aber er hatte so sonderbare kleine Augen... Er trank wie einer, der seinen Kummer vertreiben will...«

»Hat er viel getrunken?«

»Drei doppelte Cognac... Da, sehen Sie, aus diesen Gläsern... Er kippte sie auf einen Zug hinunter, dann starrte er auf den Boden, und ab und zu murmelte er halblaut vor sich hin... Ich habe leider nicht verstanden, was er sagte...«

»Wie spät war es?«

»Als er ging? Zehn nach sieben. Ich erinnere mich genau, denn er hat auf die Uhr geschaut und gerufen: »Es wird Zeit! Wenn ich um neun dortsein will... Das ist alles, was ich weiß... Ich dachte, die Polizei würde früher kommen, um mich zu verhören... Sie sind doch von der Polizei, oder?... Oh, ich war immer nett zur Polizei... Ich habe nie was Schlechtes getan... Ich...«

Früh um sieben am nächsten Morgen hielt der kleine Doktor seine *Ferblantine* gegenüber der Kirche an, vor dem einzigen Gasthof in Dion. ›Zu den zwei Kastanienbäumen‹ stand auf dem Wirtshausschild.

Hätte ihn jemand gefragt, was er vorhabe, wäre ihm die Antwort sehr schwergefallen, denn er hatte nicht die geringste Ahnung.

Eine Woche war es jetzt her, seit sich die Ereignisse zugetragen hatten. Wieder war es Dienstag... Die Leiche des Unbekannten war, nachdem sie die letzten Mißhandlungen der Autopsie über sich hatte ergehen lassen müssen, auf dem Friedhof von Rochefort beigesetzt worden, ohne daß sich irgend jemand die Mühe gemacht hätte, dem Sarg zu folgen. Sein Grab zierte nichts als eine amtliche Nummer.

Die Kleider und der Zettel mit den ausgeschnittenen Buchstaben befanden sich vermutlich in der Gerichtsschreiberei.

Worauf hätte er sich bei seinen Ermittlungen sonst noch stützen können?

Ein vornehmes Haus, dessen Gittertor er vor der ersten Wegbiegung sehen konnte, ein stattliches Gebäude mit hohen Fenstern und einer Freitreppe mit fünf Stufen, umgeben von einem sehr gepflegten kleinen Park; zur Linken das Häuschen des Gärtners. Der Gemüsegarten lag weiter hinten, ebenso ein zweiter Garten voller Blumen. Verständlich, daß die Leute aus dem Dorf aus dem Anwesen ein ›Schloß‹ gemacht hatten.

»Ich hätte nichts gegen einen kleinen Imbiß einzuwenden!« sagte der kleine Doktor zum Gastwirt. »Ein Stück Wurst mit Schwarzbrot zum Beispiel und einen Schoppen Weißen...«

»Mal sehen, ob der Metzger aufhat... Es macht Ihnen doch nichts aus, wenn Knoblauch in der Wurst ist?«

Wieso auch! Es sah nicht so aus, als würde er dem jungen Mädchen von gestern heute wieder begegnen, und so aß er Knoblauchwurst, während sich auf dem nicht von zwei, sondern von sechs Kastanienbäumen beschatteten kleinen Platz friedlich und heiter das vormittägliche Leben abspielte.

Der kleine Doktor, der neben sich Leute reden hörte, ohne weiter darauf zu achten, fuhr plötzlich zusammen, denn ein Stottern war an sein Ohr gedrungen. Der Mann an der Tür der Bäckerei, die gleich neben dem Gasthof lag, war kein anderer als Cogniot, und er war so wütend, als habe ein böses Schicksal ihn persönlich zur Zielscheibe erwählt.

»So kann es nicht weitergehen!« zeterte er, nicht ohne jede Silbe mehrfach zu wiederholen. »Wenn die sich über mich lustig machen wollen, dann setze ich keinen Fuß mehr in ihren verfluchten Garten... Es hat mir schon gereicht, diesen hergelaufenen Kerl dort zu finden... Am Donnerstag suche ich den ganzen Tag nach meinem Metermaß, das ich brauche, um die Gartenwege schön gerade zu machen... Ich weiß genau, daß ich es im Schuppen auf das Fensterbrett gelegt habe... Ich geh hinein und will es holen: kein Metermaß mehr da... Am Abend komme ich in den Blumengarten, um zu säen, und wäre um ein Haar gestolpert! Über was? Über mein Metermaß, das ganz ausgerollt war! Ich hebe es auf und frage mich dabei, welcher Bengel es wohl ohne meine Erlaubnis genommen hat, da wäre ich doch beinahe in ein Loch unter dem Feigenbaum gefallen, fast einen Meter tief!

Ich renne voller Wut ins Haus und frage, wer das Maßband genommen und das Loch gegraben hat... Keiner weiß was... Alle, auch der Diener, machen ein unschuldiges Gesicht...

Und heute morgen...«

Vor Empörung geriet er außer Atem. Und wenn ein Stotterer vor Empörung außer Atem gerät...

»Ach, bring mir ein Glas Weißwein, Eugène... Heute morgen also gehe ich zum Bach hinunter, um zu gucken, ob die Kresse schön wächst... ganz hinten im Garten, wo man wirklich nicht alle Tage hinkommt... Und was sehe ich da? Die Pflöcke, mit denen ich die Beete abstecke, in Reih und Glied mit einem Meter Abstand in den Boden gerammt... So ähnlich, wie es Straßenarbeiter machen, wenn sie einen Graben ziehen wollen...

Ich laufe wieder zum Schloß und lasse ein Donnerwetter los... Wenn ich im Garten nicht mehr das Sagen habe und ohne meine Erlaubnis alles durcheinandergebracht wird, dann kündige ich eben, schreie ich sie an... Und alle machen ein noch dümmeres Gesicht als gestern, und Auguste, der Diener, schwört, daß niemand hinten im Garten gewesen ist... Ich möchte trotzdem gern wissen, was all diese Machenschaften zu bedeuten haben... Wenn es so weitergeht...«

»Pardon!« ließ sich der kleine Doktor laut und deutlich vernehmen. Alle Blicke richteten sich auf ihn. Man gewöhnte sich allmählich daran, die Polizei im Dorf zu haben, und hielt ihn wahrscheinlich für einen Polizisten.

»Sind Sie seit letztem Montag an den beiden Stellen gewesen, von denen Sie gesprochen haben? Denken Sie genau nach...«

»Am Bach bestimmt nicht... Dort habe ich die ganze Woche nicht gearbeitet... Und der Feigenbaum... An dem bin ich vielleicht vorbeigekommen, aber nur von weitem...«

»Das Loch könnte also schon am Montag gegraben worden sein? Und das Maßband könnte auch seit Montag dort gelegen haben... Und erst recht die Pflöcke unten am Bach...«

»Sie meinen, es ist der Tote gewesen?«

Und Cogniot, der Leichen offensichtlich nicht mochte, verzog das Gesicht und schüttelte sich wie jemand, dem schrecklich übel ist...

»Hätte er nicht woanders sterben können... Ausgerechnet da, wo ich gerade meinen Salat gepflanzt hatte... Wenn ich mir vorstelle...«

Er drehte sich um. Draußen war Hufeklappern ertönt. Der kleine Doktor glaubte zuerst, es sei ein Polizist, der seine Runde machte, dann jedoch bemerkte er das erschrockene Gesicht des Gärtners, der rasch zur Bäckerei hinüberlief und im Laden verschwand. Einen Augenblick später tauchte hoch zu Roß ein großgewachsener, hagerer Mann von fünfundfünfzig oder sechzig Jahren auf, von Kopf bis Fuß alter französischer Landadel.

Er grüßte das Grüppchen mit einer vagen Handbewegung, die Geste eines echten Feudalherren, der an seinen Lehnsleuten vorbeireitet.

»Vauquelin-Radot?« fragte Jean Dollent.

»Kennen Sie ihn nicht? Er reitet fast jeden Morgen seine zehn Kilometer. Manchmal begleitet ihn das Fräulein. Sie besitzen zwei Pferde, wunderschöne Tiere...«

»Wer versorgt sie? Cogniot?«

»Nein... Der versteht nicht genug davon... Das macht ein Kavallerist im Ruhestand, ein ehemaliger Adjutant, Père Martin. Er wohnt oben an der Straße und geht abends und morgens in den Pferdestall...«

»Und wo ist der Pferdestall?«

»Ein Stück oberhalb vom Haus, hinter der Wegbiegung. Von hier aus können Sie ihn nicht sehen... Ein flaches Gebäude direkt an der Straße, und dahinter, auf dem Hof...«

Cogniot steckte den Kopf herein.

»Nachher frage ich ihn trotz allem, ob er sich vielleicht selbst einen Spaß daraus macht, Löcher im Garten zu graben und meine Pflöcke zu klauen... Ganz bestimmt rede ich mit ihm... und in aller Deutlichkeit! Monsieur, werde ich sagen... jetzt bin ich schon fünfzehn Jahre hier...«

Der kleine Doktor hörte nicht mehr zu. Gewiß, er hatte von fürchterlichen Familiendramen gehört und in Marsilly, wo er seine Praxis hatte, erbitterte Feindschaften miterlebt, die von kleinlichen Interessensfragen genährt wurden – manchmal eine schlichte Grenzmauer oder die Säuberung eines Abwassergrabens!

Aber zu denken, daß der reiche distinguierte Herr, zukünftiges Mitglied des Institut de France, der da eben bei seinem morgendlichen Spazierritt vorbeigekommen war, seinen Bruder kaltblütig in einen Hinterhalt gelockt haben soll, noch dazu auf so plumpe, geradezu kindische Art und Weise, mit Hilfe einer lächerlichen, unbeholfenen Botschaft aus Zeitungsbuchstaben!

Um ihn dann mit einem Messer zu erstechen, einem ganz gewöhnlichen großen Messer, den Griff abzuwischen und die Leiche in der Rabatte liegen zu lassen! Und die Blutspritzer an der weißen Mauer...

Das Dorf sah aus wie aus dem Bilderbuch, blühend und blitzsauber. Das muntere Dingdong des Schmiedehammers fehlte so wenig wie der Duft des frischen warmen Brots, der aus dem Bäckerladen drang.

Das Schloß bot das Bild eines glücklichen Hauses, von schlichtem, diskretem Luxus. Der Mann, der darin lebte und der reich genug wäre, anderswo ein Leben in Saus und Braus zu führen, hatte einen Sinn für die stillen, tiefen Freuden, hielt auf Ordnung und guten Geschmack.

Wie paßte diese Geschichte mit den Pflöcken, mit der Grube unter dem Feigenbaum und dem ausgerollten Maßband im Garten dazu?

Und wie konnte dieser andere Mann, den niemand kannte und der von Gott weiß woher gekommen war, Marcel Vauquelin-Radot sein, den man vor fünf Jahren für tot erklärt hatte?

Martine hatte ihm in ihrer verblüffenden Offenheit alles gesagt, was sie wußte, was sie vermutete.

»Sie waren nur zwei Brüder, mein Vater Marcel und

mein Onkel Robert... Mein Vater hat seinen Teil des Vermögens anscheinend verjubelt... Als ich zur Welt kam und meine Mutter im Kindsbett starb, beschloß er, in die Kolonien zu gehen, um sich ein neues Leben aufzubauen, und hat mich in die Obhut meines Onkels gegeben...«

»Der immer noch reich war?«

»Um so reicher, als er gerade ein junges Mädchen geheiratet hatte, dessen Vater ein dickes Aktienpaket der Suez-Gesellschaft besaß... Ich sage Ihnen gleich, daß ich meinen Vater nie kennengelernt habe... Ich kenne nur ein Kinderbild von ihm, auf dem er zusammen mit seinem Bruder zu sehen ist... Ich bin von meinem Onkel und meiner Tante aufgezogen worden... Ich war schon fast erwachsen, als man mir unter großer Geheimnistuerei eröffnete, daß mein Vater kein ganz ehrenhafter Mann sei... daß er Dummheiten gemacht habe, auch in Afrika noch, wohin er sich geflüchtet hatte... und daß ihm in Dakar schließlich nur noch die Wahl zwischen Gefängnis und psychiatrischer Heilanstalt blieb... Ist es wirklich möglich, daß sich durch das Trinken sein Verstand getrübt hat? Das jedenfalls hat man mir gesagt... Vor fünf Jahren dann ereignete sich das schreckliche Unglück, von dem Sie sicher gehört haben... Die Heilanstalt in Dakar ging in Flammen auf... Bis auf zwei oder drei – und zu denen gehörte mein Vater nicht! – sind sämtliche Bewohner bei lebendigem Leibe verbrannt... Damals habe ich Trauer getragen... Und jetzt...«

Lag es an der Erziehung durch ihren Onkel, diesen Grandseigneur reinster Prägung, daß dieses junge

Mädchen so kühl und nüchtern war? Sie sah den Dingen ins Gesicht, genauso wie sie jetzt dem kleinen Doktor ins Gesicht sah.

»Man hat versucht, die Leiche im Gemüsegarten vor mir zu verbergen, aber ich bin trotzdem hingegangen... Mein Onkel hat mir einen bitterbösen Blick zugeworfen... Als ich das Gesicht des Toten erblickte, durchfuhr es mich, es war wie ein Schock... Ich will nicht behaupten, ich hätte die Stimme des Blutes vernommen, denn ich bin ein junges Mädchen von heute und glaube an recht wenig...

Dann habe ich nachgedacht... Es gibt noch einen Punkt, der mir sonderbar vorgekommen ist... Seit acht Tagen ist meine Tante angeblich krank und verläßt ihr Appartement nicht... Es hat genau am Sonntag angefangen, einen Tag vor der Ankunft des Unbekannten...

Wenn mein Onkel irgend etwas geahnt hat, konnte er...«

War es nicht erschreckend, mit welcher Ruhe sie derart ungeheuerliche Anschuldigungen vorbrachte?

»Sie wollen behaupten, daß Ihr Onkel seine Frau auf irgendeine Weise krank gemacht hat?«

»Oder sie dazu gebracht hat, eine Krankheit vorzutäuschen...«

»Was für eine Frau ist Ihre Tante?«

»Sehr nachgiebig... Immer traurig, ohne bestimmten Grund... Sie hat immer nur ihre Pillen und Tropfen und medizinischen Bücher im Kopf und bildet sich ein, daß sie Krebs hat und nicht mehr lange leben wird... Die Röntgenbilder sind alle negativ, aber sie wirft den Ärzten vor, sie sprächen sich miteinander ab, um ihr etwas vorzumachen... Sie müssen den Fall übernehmen, *für mich,* ich muß unbedingt wissen...«

Der kleine Doktor saß an einem grün gestrichenen Tischchen auf der Terrasse des kleinen Hotels, vor sich die Kirche und die sechs Kastanienbäume, aus deren prallen Knospen zartes Grün hervorbrach, und fragte sich, ob...

Gab sie nicht selbst zu, daß ihr Vater ein Tunichtgut und ein Draufgänger gewesen war, wie man so sagt, und am Ende in die psychiatrische Anstalt in Dakar eingewiesen worden war?

Wenn er verrückt war, konnte es dann nicht sein, daß auch seine Tochter...

Und wenn sie nicht ganz richtig im Kopf war, spielte er, Dollent, dann nicht eine ganz üble Rolle? Denn da saß er und verdächtigte einen Mann, den eigenen Bruder auf die schändlichste Weise, die man sich denken konnte, ermordet zu haben!

Was würde er diesem Mann antworten, wenn dieser ihm entgegenschleuderte: »Schämen Sie sich denn nicht, Sie, ein Arzt, vom erstbesten jungen Mädchen, das Sie noch nicht mal kennen, zweitausend Francs anzunehmen?«

Denn das war die Wahrheit. Genaugenommen hatte er seiner Besucherin die zwei Tausend-Franc-Scheine, die sie ihm auf den Schreibtisch gelegt hatte, ja zurückgeben wollen. Aber als sie dann ging, war er so mit dem beschäftigt, was sie ihm erzählt hatte, daß er nicht mehr daran gedacht hatte. Anna hatte sie gefunden, gerade als der kleine Doktor auch aus dem Haus gehen wollte, und Anna hatte mit leichtem Mißtrauen in der Stimme gemeint:

»Sehr einträglich, der neue Beruf von Monsieur, wie ich sehe... Wie viele Patienten Sie dafür hätten behandeln müssen, bei zwanzig Francs Honorar...«

Sein Entschluß stand fest. Wie er die Sache anpacken würde, darüber hatte er kein Versprechen abgegeben. Er würde also jetzt gleich, wenn der Reiter wieder vorbeigekommen war, zum Schloß gehen und am Tor klingeln. Er würde um ein Gespräch mit Robert Vauquelin-Radot bitten, sich vorstellen und sagen...

Die Wahrheit würde er sagen, was denn sonst! Nur über die Initiative des jungen Mädchens würde er nicht sprechen.

In der Gaststube schrillte das Telefon. Der Wirt brauchte lange, bis er begriff. Schließlich kam er verwundert auf die Terrasse.

»Sie werden am Telefon verlangt...«

»Ich? Das kann nicht sein...«

»Außer Ihnen ist niemand auf der Terrasse, oder?... Holen Sie den Herrn auf der Terrasse ans Telefon, hat sie gesagt...«

Er stürzte hinein.

»Hallo!«

»Sind Sie's, Doktor?... Ich habe Sie von meinem Zimmer aus gesehen... Ja!... Ich bin gestern bei Ihnen gewesen... Hören Sie zu! Ich glaube, *er hat Verdacht geschöpft*... Als ich nach Hause kam, bemerkte er sofort, daß mein Ring weg war... Ich habe gesagt, ich hätte ihn verloren... Da kam er auf die Idee, auf dem

Kilometerzähler nachzuprüfen, wieviel ich gefahren war... So was hätte ich ihm nie zugetraut... Als er zurückkam, machte er ein sehr böses Gesicht und befahl mir, ins Bett zu gehen... Und er fügte hinzu, solange die Geschichte nicht vorbei sei... er sagte wirklich *Geschichte*... möchte er mich bitten (und wenn er um etwas bittet!), das Haus nicht zu verlassen...«

»Danke.«

»Was haben Sie vor? Wenn er den Verdacht hat, daß wir uns kennen, weiß ich nicht, wozu er fähig ist... Ich kriege allmählich Angst... Hören Sie, Doktor...«

Der kleine Doktor runzelte die Stirn, denn er ahnte schon, was jetzt kam.

»Vielleicht wäre es vernünftiger aufzugeben... oder die... äh... die Sache auf später zu verschieben...«

Die ewige menschliche Widersprüchlichkeit! Vor einem Augenblick hatte sich Dollent noch gefragt, in was für ein Wespennest er da geraten war, und sich nur gewünscht, sich zu verdrücken. Und jetzt genügte es, daß man ihn bat, eben dies zu tun, und schon regte sich in ihm der Wunsch zu bleiben!

»Sind Sie noch dran! Haben Sie verstanden?«

»Ja...«

»Was werden Sie tun?«

Die Verbindung wurde plötzlich abgeschnitten. War jemand ins Zimmer gekommen? Die immerzu kränkelnde Tante? Oder war der Reiter auf einem anderen Weg zum Schloß zurückgekehrt?

»Ich glaube, ich werde bei Ihnen zu Mittag essen«, sagte er zum Wirt. »Was hätten Sie denn Gutes?«

»Ach wissen Sie, hier bei uns... Spickbraten mit Sauerampfer... Als Vorspeise Sardinen, wenn Sie möchten... Mehr habe ich nicht zu bieten... Sie fahren besser bis Rochefort weiter...«

Aber auch in diesem Fall ließ er sich nicht abhalten... Und um elf stand er vor dem ›Schloß‹ und klingelte am Tor.

2

*Der kleine Doktor hat eine
stürmische Begegnung mit einem
unerschütterlichen Herrn und
verliert den Boden unter den Füßen*

Es war gewiß nicht das erste Mal, daß Dollent mit diesem Provinz-Großbürgertum in Berührung kam, das oft unzugänglicher als der alte Adel ist. Warum also machten das Haus der Vauquelin-Radots und die Vauquelins selbst einen solchen Eindruck auf ihn?

Nachdem er geläutet hatte, mußte er lange warten. Vergeblich spähte er zu den Fenstern an der Vorderfront hinauf: keine einzige Gardine bewegte sich. War Martine also nicht mehr auf der Lauer?

Endlich ging die Haustür auf. Der Diener stieg würdevoll die Freitreppe herab und legte auf dem bekiesten Weg das kurze Stück bis zum Gittertor zurück.

»Sie wünschen?« fragte er stirnrunzelnd, und sein Blick schien dabei den kleinen Doktor und seine Kleidung unter die Lupe zu nehmen.

»Ich möchte Monsieur Vauquelin-Radot sprechen...«

»Tut mir leid, aber zu dieser Zeit empfängt Monsieur nicht. Monsieur arbeitet. Wenn Sie mir Ihre Karte dalassen möchten, gibt Monsieur Ihnen möglicherweise einen Termin...«

»Ich möchte gern, daß Sie ihm meine Karte jetzt gleich bringen. Ich denke, dann wird er mich empfangen...«

Widerwillig öffnete der Diener das Tor und gestattete dem Eindringling sogar, in die Halle zu treten, wo ein sanftes Halbdunkel herrschte. Dann klopfte er diskret an eine geschnitzte Eichentür, verschwand im Zimmer und kam wenig später mit schadenfroher Miene zurück.

»Ich habe es Ihnen ja gesagt, Monsieur bedauert, aber er kann Sie nicht empfangen...«

»Moment... Würden Sie mir bitte meine Karte zurückgeben?«

Und er schrieb unter seinen Namen: »... der Marcel Vauquelin-Radot in Dakar kennengelernt hat.« Jetzt kam es auch nicht mehr darauf an! Vielleicht hätte er es nicht getan, wenn der Diener nicht so arrogant gewesen wäre und nicht diese weihevolle Atmosphäre geherrscht hätte, die ihn fast erstickte. Er wollte um keinen Preis aufgeben!

»Bringen Sie ihm die Karte noch einmal. Sie werden sehen, daß er...«

»Wie Sie wünschen!« schien der Diener zu sagen. »Aber Sie werden es bereuen!«

Und der kleine Doktor bereute es wirklich, denn er brachte sich damit in die übelste Klemme, in die er je geraten war. Der Anfang war allerdings ermutigend, und er glaubte einen Punkt für sich verbuchen zu können.

»Wenn Sie mir bitte folgen möchten...«

Die offene Tür gab den Blick auf eine weiträumige

Bibliothek frei, deren hohe Fenster auf den Garten gingen. Robert Vauquelin-Radot, den der kleine Doktor am Morgen im Reitanzug gesehen hatte, saß jetzt in einem schwarzseidenen Hausanzug an einem großen Schreibtisch vor dem offenen Kamin, in dem dicke Holzscheite brannten.

Unglaublich, daß es in diesen unruhigen Jahren noch Leute gab, die ein Leben wie zu den friedlichen alten Zeiten führten! Es war allzu perfekt. Der Ausritt am Morgen... Der Diener in gestreifter Weste... Dieser monumentale Kamin in der Bibliothek, die Tausende von wunderschön gebundenen Büchern enthielt... Der Blick auf den wohlgepflegten Garten... bis hin zum akkurat gescheitelten, vollen, silbergrauen Haar des Hausherrn und seinem prunkvollen Hausrock...

Vauquelin-Radot erhob sich nicht, um den kleinen Doktor zu begrüßen. Die Ruhe in Person, blickte er Dollent, der über einen riesigen Savonnerieteppich auf ihn zuschritt, aus der Ferne entgegen. Mit einer kaum angedeuteten Bewegung seiner gepflegten Hand bot er dem Gast einen Stuhl vor dem Schreibtisch an.

»Wie alt sind Sie, Doktor?«

Dollent, der gekommen war, um Fragen zu stellen, nicht um ausgefragt zu werden, geriet ein wenig aus der Fassung.

»Dreißig...«

»Sie haben in Frankreich Medizin studiert?«

»An der Universität Bordeaux.«

»Sie haben Bordeaux also vor etwa fünf Jahren verlassen...?«

Er spielte lässig mit der Visitenkarte und bemerkte

nicht ohne einen verächtlichen Unterton: »Dann frage ich mich, weshalb Sie es für richtig erachtet haben, mich anzulügen... Sie können meinen armen Bruder unmöglich in Dakar kennengelernt haben, denn zu der Zeit, als Sie hätten dort sein können, war er bereits tot... Tut mir leid, Doktor...«

Er stand auf, um anzudeuten, daß er das Gepräch für beendet hielt, während die Ohren des kleinen Doktors dunkelrot anliefen.

»Entschuldigen Sie, daß ich mich mit einem so plumpen Trick bei Ihnen eingeschlichen habe...«

Der andere schnitt vorsichtig die Spitze einer Zigarre ab, ohne seinem Gesprächspartner eine anzubieten.

»Ich weiß, ich habe nicht das geringste Recht, mich in eine Angelegenheit einzumischen, die mich nichts angeht. Aber es ist ein Mensch getötet worden, und ich nehme an, daß Sie wie alle anderen den Wunsch haben, daß dieser tragische Fall aufgeklärt wird...«

»Die Justiz hat alle Vollmachten und kann...«

»Ich achte die Justiz genau wie Sie, aber es ist schon öfters vorgekommen, daß ich die Wahrheit herausgefunden habe, während die Kriminalbeamten im dunkeln tappten. Deshalb erlaube ich mir, Sie noch mal zu bitten...«

»Tut mir leid, Monsieur!«

Das war nun endgültig die Verabschiedung, diesmal in sehr gereiztem Ton, und der kleine Doktor, der den Boden unter den Füßen verlor, sah keinen anderen Ausweg mehr, als den Rückzug anzutreten. Doch da wurde plötzlich die Tür aufgestoßen, und Martine kam herein, in einem hellen Kleid und mit freudiger Miene.

»Na so was! Dollent!« rief sie... »Wie geht es Ihnen, lieber Freund?«

Dann, zu ihrem Onkel gewandt:

»Du hast mir nie gesagt, daß du meinen Freund Dollent kennst!... Wir haben uns oft bei Bekannten gesehen, er und ich... Wir haben Tennis und Bridge gespielt!... Na, Doktor, sind Sie vorbeigekommen, um mir guten Tag zu sagen?... Sie bleiben doch hoffentlich zum Mittagessen bei uns?«

»Martine!«

Immer diese unerschütterliche Ruhe! Wahrhaftig, der Mann hatte Stil!

»Ich wäre dir dankbar, wenn du in dein Zimmer zurückkehren würdest... Der Doktor wünscht zu gehen...«

Jetzt verlor auch sie die Fassung, der kleine Doktor sah es mit Genugtuung. Beim Hinausgehen warf sie ihm einen Blick zu, der zu besagen schien: »Warum haben Sie nicht auf mich gehört?... Das haben Sie nun davon...«

Doch es sollte alles noch schlimmer kommen. Das junge Mädchen war kaum verschwunden, als Vauquelin-Radot beiläufig fragte:

»Sie wohnen in Marsilly, nicht wahr?... Ich wunderte mich schon, was meine Tochter gestern dort zu tun hatte... Freunde von mir haben mein Auto im Dorf erkannt... Jetzt weiß ich Bescheid... Um so dringlicher muß ich Sie bitten, mein Haus zu verlassen. Ich weiß nicht, was Martine Ihnen erzählt hat... Ich frage Sie nicht, und ich will es auch nicht wissen... Auf Wiedersehen, Monsieur!«

Damit drückte er auf einen Knopf, und irgendwo im Haus ertönte eine elektrische Klingel. Im gleichen Augenblick schellte die Glocke draußen am Tor. Der Diener ging öffnen, bevor er dem Klingeln seines Herrn folgte...

Schritte, Stimmen in der Halle. Es mußten erlesene Gäste sein, denn der Diener hatte sie unverzüglich hereingebeten. Die Tür ging auf.

»Der Untersuchungsrichter läßt fragen, ob Monsieur ihn empfangen kann...«

»Führen Sie ihn herein...«

Dollent wußte nicht, welcher Richter mit dem Fall betraut war, doch er schöpfte wieder ein wenig Hoffnung und wurde nicht enttäuscht. Als er zur Tür ging, kam ihm ein hochaufgeschossener junger Mann entgegen.

»Dollent!« rief er, als er ihn erkannte. »Was machen Sie denn hier?... Ich hätte mir denken können, daß dieser Fall Sie brennend interessiert...«

Peinliches Schweigen. Hinter dem Richter, den Dollent seit langem kannte, tauchten ein Gerichtsschreiber und ein Inspektor aus Rochefort auf.

»Ich muß Sie leider noch einmal stören, Monsieur Vauquelin-Radot, es sind noch einige Punkte zu klären... Wie ich sehe, kennen Sie meinen Freund Dollent... Sie haben also schon von seinem außergewöhnlichen Spürsinn gehört und...«

»Monsieur Dollent ist bei mir eingedrungen, und ich bitte ihn, sich endlich zurückzuziehen!« sagte der Hausherr in frostigem Ton.

Verlegenheit breitete sich aus. Trotz des warnenden

Blicks seines Freundes glaubte der Richter insistieren zu müssen:

»Für unsere Ermittlungen wäre es aber eine wertvolle Hilfe, ja, ich frage mich, ob man unter den gegebenen Umständen nicht...«

»Tut mir leid, Herr Richter. In meinem Garten ist ein unbekannter Toter aufgefunden worden, und das Gesetz erlaubt mir nicht, Ihnen den Zutritt zu meinem Haus zu verwehren oder Sie daran zu hindern, mein Personal und mich selbst zu verhören... Dennoch ist jeder nach alter französischer Tradition Herr in seinem Haus, und wenn Monsieur Dollent nicht freiwillig geht, bin ich gezwungen, ihn von meinen Leuten hinauswerfen zu lassen...«

Für den kleinen Doktor war es der unangenehmste Augenblick seines Lebens. Er spürte, wie ihm das Blut in den Kopf schoß und wieder zum Herzen zurückströmte. Bleich und sprachlos stand er da.

Was hätte er auch tun sollen? ... sich auf diesen Mann stürzen und ihm eine Ohrfeige verpassen? Doch dieser Mann war hier nicht nur zu Hause und somit im Recht, er war auch zwei Köpfe größer als Dollent, und eine solche Tat hätte daher recht lächerlich gewirkt.

Er ging. Er stieß sich am Türpfosten und stand zu seiner unangenehmen Überraschung vor dem Diener, der alles gehört haben mußte und ihm mit spöttischem Blick seinen Hut reichte.

»Hier entlang...« murmelte er... »Wenn Monsieur sich bemühen möchte...«

Sollte er jetzt einfach ins Auto steigen, nach Marsilly zurückfahren und versuchen, das demütigende Abenteuer zu vergessen?

Doch *Ferblantine* war noch immer vor dem Hotel geparkt, und als Dollent auf der Terrasse stand, überkam ihn das Bedürfnis, ein Gläschen zu trinken. Er trank nicht eins, sondern drei. Zeit genug für einen Sinneswandel. Sein Blick wurde hart.

»Auf uns zwei, Monsieur Vauquelin-Radot!«

Doch wie sollte er einen Fall anpacken, von dem ihn die Betroffenen so kategorisch ausschlossen? Sollte er warten, bis der Untersuchungsrichter aus dem Haus kam, und ihn um die nötigen Informationen bitten?

»Sie haben doch den Spickbraten nicht vergessen?«

»Der brutzelt im Ofen, Monsieur. Ein Stündchen noch... Riechen Sie nicht, wie er duftet?«

Ein Mann kam über den Platz geschlurft. Er hatte eine dicke Ledertasche umgehängt und eine Dienstmütze auf dem Kopf.

»Louis!« rief er, als er hereinkam. »Da ist ein Brief für dich... Ein Brief und eine Rechnung... Sag mal, hast du etwa Verwandte in Algier? Hebst du die Marke für meinen Kleinen auf, der sammelt nämlich Briefmarken...«

Der kleine Doktor, der tief in Gedanken versunken war, hob den Kopf, sah den Landbriefträger an, der einen langen roten Schnurrbart hatte, und der benommene Ausdruck wich aus seinem Gesicht, seine Pupillen verengten sich, sein Blick wurde scharf, messerscharf.

»Was trinken Sie, Herr Briefträger?... Ich hab's satt, allein zu trinken...«

3

*Über die Nützlichkeit
von Briefmarkensammlungen und
alten Postbeamtinnen...*

»Nicht daß mir hier langweilig wäre, aber es wird Zeit, daß ich gehe... Ich habe nämlich sozusagen zwei Dörfer zu beliefern, denn zu Dion gehört noch ein kleiner Weiler, zwei Kilometer von hier...«

»Dorthin wollte ich gerade fahren!« rief der kleine Doktor auf gut Glück aus.

»Sie fahren nach Morillon? Zu wem denn? Da es dort ja nur vier Häuser gibt...«

»Ich will einfach das Dorf besichtigen, als Tourist... Soll ich Sie in meinem Auto mitnehmen?«

»Dann müssen Sie unterwegs aber ein paarmal anhalten, damit ich meine Briefe los werde...«

Und so kam es, daß *Ferblantine* an diesem Vormittag eine amtliche Funktion erfüllte: sie transportierte die Post von Dion nach Morillon.

»Ist sie hübsch, die Briefmarkensammlung Ihres Sohnes?«

»Na ja... So langsam macht sie sich... Ich sitze gewissermaßen an der Quelle... Wenn ich auf einem Brief eine ausländische Marke sehe, bitte ich die Leute, sie mir zu schenken... Kaum einer schlägt mir meine Bitte ab, bis auf den Metzger, der sammelt selber...«

»Und die im Schloß kriegen ja bestimmt viele Briefe...«

»Jede Menge... Die Vauquelin-Radots machen uns allein soviel Arbeit wie das ganze Dorf zusammen...«

Obwohl Morillon nur vier Häuser zählte, gab es einen Kolonialwarenladen mit Ausschank, und den kleinen Doktor überkam das Bedürfnis, seinen und seines Gefährten Durst zu löschen.

»Sie sehen, viel gibt es hier nicht zu besichtigen... Ich muß jetzt zurück...«

»Ich fahre Sie... Es gibt wirklich nicht viel zu sehen, wie Sie schon sagten... Dagegen würde ich mir gern mal die Briefmarkensammlung Ihres Sohnes anschauen... Ich bin nämlich auch Philatelist... Vielleicht könnten wir Marken tauschen, die wir doppelt haben?«

Um zwölf kamen sie im Haus des Briefträgers an, dessen Frau schon mit dem Mittagessen wartete.

»Ein Gläschen Weißen?... Da ist das Album... Es ist noch nicht alles eingeordnet...«

Kurz darauf hatte Dollent bereits fünf Marken aus Dakar entdeckt.

»Sind die neu?«

»O nein... Im Schloß erhielten sie eine Zeitlang jeden Monat einen Brief von dort unten... Deshalb habe ich den Diener gefragt, ob er mir die Marken nicht beiseite legen kann... Dann hörte es auf einmal auf... Kurz danach kam eine aus Conakry, da ist sie... Das war vor fünf Jahren... Ich erinnere mich daran, weil zu der Zeit ein ehemaliger Kamerad aus meinem Regiment in Conakry war und mir in derselben Woche geschrieben hat... Monsieur Vauquelin-Radot und ich haben Bekannte im gleichen Ort, sagte ich mir damals...«

Als der kleine Doktor eine halbe Stunde später das Haus verließ, hatte er zumindest einen Ausgangspunkt für seine Ermittlung.

In der Tat war, nachdem die Briefsendungen aus Dakar plötzlich aufgehört hatten (zweifellos nach dem Brand des Heims), alsbald ein Brief aus dem einige hundert Kilometer weiter südlich gelegenen Conakry eingetroffen, dann einer aus Matadi noch weiter im Süden, in Belgisch-Congo.

Es lohnte sich, die Route weiterzuverfolgen. Der Mann, der die Briefe geschrieben hatte, mußte in mehr oder weniger langsamen Etappen die ganze afrikanische Küste hinuntergefahren sein, bis er schließlich am Kap anlangte. Von dort kamen noch zwei Jahre lang Briefe.

Dann nichts mehr aus Afrika. Dafür ein paar Wochen später eine Briefmarke, die in Hamburg gestempelt war. In Hamburg laufen die Schiffe der deutschen Schiffahrtslinien aus, die die afrikanische Küste bedienen, und in Hamburg laufen sie auch wieder ein.

Die Briefmarke aus Hamburg war nur zwei Jahre alt. Dann eine belgische aus Antwerpen.

Alles Hafenstädte! Nach der aus Antwerpen waren allerdings keine ausländischen Briefmarken mehr aus dem Schloß vorhanden.

»Mein Braten, Patron!«

»Da kommt er schon!... Tja... Die Herren von der Staatsanwaltschaft sind gerade gegangen... Meinen

Sie, daß die irgendwas herausfinden und daß man je erfahren wird, wer der Tote im Gemüsegarten war?«

»Wahrscheinlich schon... Köstlich, Ihr Spickbraten... Sagen Sie mal... Die Postbeamtin in Dion, ist die nett? Es ist doch eine Frau, nehme ich an?«

»Eine alte Jungfer meinen Sie... Ein schrecklicher Drachen... Da sie fast nichts zu tun hat, liegt sie den ganzen Tag hinter ihrem Fenster auf der Lauer und weiß über alles Bescheid, was im Dorf passiert... Ich habe mich sogar schon gefragt, ob sie nicht heimlich Briefe öffnet, weil sie sich gar so gut auskennt...«

»Könnten Sie mir bitte sagen, Mademoiselle, was eine telegrafische Überweisung nach Dakar kostet?«

»Das kommt auf den Betrag an, den Sie überweisen möchten... Dakar... Warten Sie... Ist schon eine ganze Weile her, seit...«

Sie hatte einen Damenbart, schalkhafte Augen und war von gewaltiger Körperfülle und stets wacher Neugier, die sie auch sofort unter Beweis stellte, indem sie fragte:

»Haben Sie nicht im Schloß zu Mittag gegessen?«

»Nein. Wieso?«

»Weil ich Sie gegen elf hineingehen sah... Die haben selten Gäste... Bei so reichen Leuten wundert mich das ein bißchen, denn in Dion ist nicht gerade viel los, und wenn ich solche Einkünfte hätte... Nach Dakar... Tausend, sagten Sie?... Ohne Text im Telegramm?... Zweiundachtzig Francs... Ungefähr soviel wie nach Conakry.«

»Ach ja... Ich habe ganz vergessen, daß Sie schon

mal telegrafische Überweisungen nach Conakry hatten...«

»Woher wissen Sie das?«

»Mein Freund Vauquelin hat es mir gesagt. Er hatte einen Freund dort unten... Einer, dem alles schiefgegangen ist...«

»Er scheint nicht lange dortgeblieben zu sein, denn sie haben ihm nur einmal fünftausend Francs überwiesen... Ich weiß es noch genau, denn es war meine erste telegrafische Überweisung nach Afrika... Die Leute hier wünschen meistens normale Überweisungen... Muß ganz schön eilig sein, wenn man...«

»Aber später hatten Sie noch weitere Überweisungen, oder? Matadi... Dann...«

»Sind Sie etwa mit Monsieur Gélis befreundet? Stellen Sie sich vor, eine Zeitlang dachte ich, er macht eine Weltreise... Mir wäre es lieber gewesen, er hätte Monsieur Vauquelin-Radot Ansichtskarten statt Briefe geschickt, dann hätte ich sehen können, wie es in den Ländern dort ist.«

»Jedesmal fünftausend Francs?«

»Nach Matadi waren es zehntausend, wenn ich mich recht erinnere... Ich hatte sogar einige Schwierigkeiten damit, denn ich mußte alles in belgisches Geld umrechnen, und mit dieser Umrechnerei... Später waren es dann englische Pfund...«

»Als Gélis am Kap war...«

»Genau! Ich sehe, Sie kennen die ganze Geschichte... Dort ist er beinahe zwei Jahre geblieben... Fast mit jedem Schiff kam ein Brief mit seiner Handschrift, eine eigentümliche Schrift, ich erkannte sie schon von weitem... Ganz unregelmäßig, die Zeilen gingen ineinander über, man konnte es kaum lesen... Dann kam ein Brief aus Teneriffa mit dem Briefkopf eines deutschen Schiffs... Sieh an, sagte ich mir, der Herr kehrt zurück nach Europa... Hätte man mir soviel Geld geschickt, würde ich die Gelegenheit nutzen und gleich noch China und Japan besuchen... Damals war bei den Gelben ja noch kein Krieg...«

»Dann Hamburg, Antwerpen...«

»Richtig... Sah so aus, als käme er in kleinen Etappen näher. Er ließ sich Zeit. Und die Beträge wurden immer kleiner, bis auf den vorletzten... Von tausend plötzlich auf zwanzigtausend... Die gingen nach Antwerpen... Dann kam ein Brief aus Brüssel, zwei oder drei aus Paris und vor kaum zwei Wochen der aus Bordeaux... Die Schrift war so unleserlich, daß ich die Adresse nicht hätte entziffern können, wenn ich sie nicht auswendig gekannt hätte...«

»Hat Monsieur Vauquelin-Radot da noch mal Geld geschickt?«

»Nein... Nicht daß ich wüßte... Also, welche Adresse hat Ihr Freund in Dakar?«

»Ich hab's mir überlegt, ich warte lieber noch... Bei diesen Gebühren...«

Dieser Blick auf Vauquelin-Radots Schloß, als er in *Ferblantine* daran vorbeifuhr!

Täuschte er sich, als er hinter der zur Seite geschobenen Gardine im ersten Stock eine winkende Hand zu sehen meinte?

»Ich bin's!... Lassen Sie sich nicht stören... Sagen Sie mal, Duprez, was halten Sie von dem Empfang, den man mir heute morgen bereitet hat?«

Er war nach Rochefort gefahren und saß jetzt im Büro seines Freundes, des Untersuchungsrichters Duprez, der ihn leicht verwundert ansah.

»Sie machen einen ziemlich aufgeregten Eindruck, mein Bester!... Ich muß schon sagen, ich kann Ihre Begeisterung für Kriminalfälle immer noch nicht verstehen... Ich jedenfalls würde lieber eine Partie Golf spielen, wenn es nicht mein Job wäre...«

»Neuigkeiten?«

»Eigentlich nicht... Nur ein paar merkwürdige Entdeckungen im Garten... Ein Metermaß und eine Grube, seltsame Geschichte...«

»Die kenne ich schon...«

»Aha! Und dann noch eine mit Holzpflöcken, die im Boden stecken, so als ob...«

»Kenne ich auch... Als habe man eine bestimmte Stelle markieren oder, besser gesagt, wiederfinden wollen, stimmt's?... Man könnte fast meinen, jemand habe versucht, wer weiß was für einen Schatz im Garten zu heben...«

Der Richter wunderte sich noch mehr.

»Daran habe ich auch schon gedacht!« gab er zu. »Aber ich mißtraue der Sache. Wir laufen Gefahr, uns zu sehr von der gängigen Kriminalliteratur beeinflussen zu lassen... Ich sage Ihnen, hier in der Gegend kenne ich mindestens zwanzig Grundbesitzer, die sich einbilden, daß auf ihrem Grund und Boden ein Schatz verborgen ist, und ein Heidengeld ausgeben, um ihn ausgraben zu lassen. Das ist hier auf dem Land eine chronische Krankheit... Da braucht ein Bauer auf seinem Acker nur ein paar alte Goldmünzen herauszupflügen, und schon wird überall in der Umgebung...«

»Was sagt Vauquelin-Radot dazu?«

»Daß er nie etwas von einem Schatz oder ähnlichem gehört habe... Daß er natürlich niemals Löcher in seinem Garten gegraben oder das Maßband seines Gärtners stibitzt hat... Meinen Sie nicht, daß der ein bißchen zu viel trinkt und vielleicht die Phantasie mit ihm durchgegangen ist?«

»Hat Vauquelin Sie auf diese Idee gebracht?«

»Nein! Zu mir ist er höflich, aber das ist auch schon alles... Er antwortet mit Ja oder Nein... Das war heute mein dritter Lokaltermin und somit mein drittes Gespräch mit ihm... Ich muß sagen, heute schien er mir ein bißchen müde... Lag das an Ihrem Besuch? Er hat zwar nichts von der olympischen Ruhe verloren, die so typisch für ihn ist und ihn zu einem hervorragenden Mitglied der Akademie machen wird... Hinter dieser Ruhe jedoch glaubte ich heute so etwas wie eine dumpfe Angst zu bemerken...«

»Was hat er Montag um neun Uhr gemacht?«

»Das ist ja gerade das Sonderbare... Er behauptet, sich nicht erinnern zu können... Nach dem Abendessen, so sagt er – und mit dem Abendessen sind sie immer gegen halb neun fertig –, geht er ein bißchen an die Luft, auf die Terrasse oder in den Garten...

Danach ist er in sein Büro zurückgekehrt und hat ungefähr eine Stunde lang Korrekturfahnen gelesen...«

»Wer hält sich zu dieser Zeit im Erdgeschoß auf?«
»Die Hausangestellten, im rechten Flügel, ziemlich weit weg vom Büro, das haben Sie ja gesehen. Ein prachtvoller Raum, unter uns gesagt...«
»Und die Frauen?«
»Sie sind meistens im Damenzimmer im ersten Stock... Das junge Mädchen liest oder schreibt Briefe... Ihre Tante, die immer müde ist, döst im Sessel vor sich hin...«
»Und niemand hat etwas Ungewöhnliches gehört?«
»Niemand... Ich habe mich erkundigt, ob die Fenster offen waren. In Anbetracht der Jahreszeit waren sie es nicht...«
»Und die Cogniots?«
»Die gehen schon um halb neun ins Bett, denn sie stehen sehr früh auf...«
»Und Martin, der Mann, der sich um die Pferde kümmert?«
»Er macht um acht seine letzte Runde, gibt den Pferden Wasser, schließt den Stall ab und geht nach Hause...«
»Eine Frage noch, Duprez... Wie lag die Leiche da?«
»Warten Sie... Ich habe hier einen ganzen Stapel Fotos, die der Erkennungsdienst aufgenommen hat... Hier... Mit dem Gesicht zur Mauer... Sehen Sie den dunklen Fleck dort an der Mauer, etwa auf Brusthöhe? Das ist Blut...«
»Wurde er von vorn oder von hinten erstochen?«
»Von vorn... mit ungewöhnlicher Wucht, sagt der Gerichtsarzt, und vor allem mit seltener Treffsicher-

heit. Das Herz wurde mit einem einzigen Stoß durchbohrt, und das Blut sprudelte heraus... Daher der Fleck an der Mauer...«

»Um neun war es dunkel...«

»Natürlich...«

»Die Fotos können noch so scharf sein, ich würde mich lieber mal an Ort und Stelle umsehen... Ihnen ist nichts Ungewöhnliches aufgefallen?«

»Jetzt, wo Sie fragen... Der Inspektor ist darauf gekommen... Diesmal hat man mir einen hochintelligenten und wohlerzogenen Jungen zugeteilt, der mir bei meiner Arbeit helfen soll... Ihm ist aufgefallen, daß die Mauer, die aus porösem Stein besteht und weiß getüncht ist, genau an der Stelle einen Kratzer hat, wo der Blutfleck ist, so als habe ein erster Messerstich das Opfer verfehlt.«

»Danke... Identifiziert hat ihn natürlich niemand?«

»Sein Foto ist in sämtlichen Zeitungen erschienen, Sie haben es ja gesehen... Nichts... bis auf eine Kneipenwirtin aus Rochefort, die heute morgen bei der Polizei ausgesagt hat, sie sei gestern von einem Mann ausgefragt worden, dessen Verhalten ihr im nachhinein verdächtig vorkomme...«

»Das war ich!«

»Nun wissen Sie Bescheid... Mehr kann ich Ihnen auch nicht sagen... Monsieur Vauquelin-Radot wird langsam ungeduldig... Falls man ihn weiterhin belästige, so gab er mir heute morgen zu verstehen, wolle er an höchster Stelle das Nötige veranlassen und die ganze Angelegenheit... Was Sie anbelangt, alter Freund, glaube ich nicht, daß es klug wäre, sich in der Nähe des sogenannten Schlosses herumzutreiben... So wie man Sie heute behandelt hat...«

»Haben Sie das junge Mädchen vernommen?«

»Genau wie alle anderen... Sie weiß nichts...«

»Ich habe das Wichtigste vergessen... Entschuldigen Sie, wenn ich Ihnen noch ein paar Minuten stehle... Aus den Kleidern des Toten sind die Markenzeichen entfernt worden, nicht wahr?... Können Ihre Spezialisten schon sagen, ob das erst vor kurzem geschehen ist?«

»Wenn Sie mit ›vor kurzem‹ den Tag des Verbrechens meinen, bestimmt nicht... Wenn Sie von einigen Wochen sprechen, ja...«

»Danke...«

»Werden Sie aus der ganzen Sache schlau?«

»Leider ja...«

»Was soll das heißen? Und warum leider?«

Der kleine Doktor lächelte bitter.

»Darum!«

»Wollen Sie mir nichts verraten?«

»Jetzt nicht... Ich bin auch an das Berufsgeheimnis gebunden...!«

»Na hören Sie mal!... Und alles, was ich Ihnen anvertraut habe?«

»Das ist was ganz anderes«, entgegnete Dollent, ohne mit der Wimper zu zucken.

4

*Der kleine Doktor scheint
Gefallen an Demütigungen zu finden und
erlebt einen unverhofften Triumph*

»Hallo! Würden Sie mir bitte Mademoiselle Martine geben...?«

»Ich weiß nicht, ob Mademoiselle schon auf ist... Wer ist am Apparat?«

»Sagen Sie ihr, es ist ihr Freund.«

Es war acht Uhr. Der kleine Doktor war im Gasthof ›Zu den zwei Kastanienbäumen‹, und auch heute sah der besonnte Platz vor der Kirche wieder aus wie ein Bild von Epinal.

»Hallo? Sind Sie's, Doktor?... Warum lassen Sie es nicht bleiben? Sie machen mir angst... Sie werden noch...«

»Hallo! Ist Ihr Onkel heute nicht ausgeritten? Ich habe allen Grund zur Annahme, daß er sehr besorgt und ziemlich schlecht gelaunt ist... Haben Sie Angst vor ihm?«

»Äh...«

»Wenn Sie tun, was ich Ihnen jetzt erkläre, wird er wütend sein... Er wird Sie verfluchen... Sie werden ein paar höchst unangenehme Minuten durchmachen... Aber das ist die Wahrheit doch wert, oder?«

»Ach, ich weiß nicht...«

»Sie sprechen also mit ihm... Sagen Sie ihm, daß ich gerade angerufen habe... Entschuldigen Sie sich bei ihm, daß Sie sich an mich gewandt haben... Ich hätte mich als ein ganz anderer entpuppt, als Sie dachten... Kurz und gut, sagen Sie ihm, daß die Liste gewisser Geldüberweisungen noch heute früh der Polizei vorliegen wird, falls er mich nicht empfängt und meine Bedingungen annimmt...«

»Aber...«

»Wenn Sie sich weigern, mir zu helfen, gehe ich selbst zu ihm...«

Er hängte ein. Er wartete eine halbe Stunde, die er damit zubrachte, den örtlichen Wein zu kosten. Der Weinhändler warf schon schiefe Blicke auf diesen Kunden, der sich zu so früher Stunde betrank.

Das Gittertor... Dem kleinen Doktor zitterten die Knie, als er die Hand nach dem kupfernen Klingelknopf ausstreckte und lautes Gebimmel ertönte.

Der Diener erschien, genau wie am Tag zuvor, oben an der Freitreppe, diesmal jedoch mußte er Anweisungen erhalten haben, denn er kam sofort zum Tor und öffnete es, wenn er auch kalt und abweisend blieb.

»Würden Sie mich bitte...«

»Monsieur erwartet Sie!« warf Auguste hin. »Kommen Sie...«

In der weitläufigen Bibliothek derselbe Mann am selben Platz im selben Anzug, aber noch schärfere Verachtung, dabei zugleich eine Mattigkeit, die nicht vorgetäuscht war und an Mutlosigkeit grenzte.

»Ich bitte Sie gar nicht erst, Platz zu nehmen... Die Sache wird rasch erledigt sein, denke ich... Wieviel?«

»Fünfzigtausend.«

»Und welche Garantie geben Sie mir, daß Sie in Zukunft schweigen werden?«

»Das hängt davon ab, in welchem Punkt ich Stillschweigen bewahren soll. Auch die Höhe der Summe hängt übrigens davon ab...«

»Haben Sie meinen Bruder wirklich gekannt?«

»Nein!«

»Haben Sie mit ihm korrespondiert?«

»Nein!«

»Kannten Sie alte Freunde von ihm?«

»Nein!«

Die drei Nein klangen heiter und entschieden.

»Dann verstehe ich nicht, woher Sie...«

»Woher ich weiß, daß der Mann, der letzten Montag um neun Uhr abends in Ihrem Gemüsegarten starb, Ihr Bruder Marcel war?«

»Mein Bruder war geistesgestört, wissen Sie das?«

»Stimmt... Jedenfalls habe ich allen Grund anzunehmen, daß er es war... Denn erstens nehmen staatliche Heilanstalten nicht so leicht jemand auf, der bei klarem Verstand ist... Und dann seine Schrift...«

»Sie kennen seine Schrift?«

Monsieur Vauquelin-Radots Blick wanderte unwillkürlich zu dem kleinen Safe, der rechts neben dem Kamin in die Wand eingelassen war.

»Ich kann sozusagen eine Liste mit Briefen aufstellen, die in diesem Safe sind... Mit Dakar fing es an... Die Briefe aus Dakar stammen vom Leiter der Heilanstalt, er hielt Sie über den Gesundheitszustand Ihres Bruders auf dem laufenden, nicht wahr? Der letzte enthielt wohl die offizielle Nachricht vom Tod Ihres Bruders...

Aus Conakry kam nur ein einziger Brief... Sie erkannten die Handschrift sofort, obwohl er mit Gélis unterzeichnet war...«

»Sie... Sie sind wohl ins Haus eingedrungen?« stammelte der Schloßherr, der seinen Hochmut vergaß.

»Bin ich nicht... Nach Conakry kam Matadi... Nach Matadi... Soll ich Ihnen auch die Beträge nennen, die Sie Ihrem Bruder, der unablässig Geld von Ihnen forderte, jeweils überwiesen haben?... Jedesmal versprach er, sich zu bessern, für immer von der Bildfläche zu verschwinden, nichts mehr von sich hören zu lassen...«

»Richtig...«

»Doch dann fing er wieder an zu trinken, vielleicht auch zu spielen, und im nächsten Brief stellte er neue Geldforderungen... Gélis taugte wahrhaftig nicht mehr als Marcel Vauque...«

»Schweigen Sie!... Fünfzigtausend, sagten Sie... Ich stelle Ihnen einen Scheck aus, und dann...«

»Hamburg!«

»Wie bitte?«

»Ich sagte: Hamburg... Antwerpen... Paris... Bordeaux... Ich setze meine Aufzählung der Geldforderungen und Überweisungen fort...«

»Schluß damit, Doktor!«

»Nein, Monsieur Vauquelin-Radot...«

»Fünfzigtausend sind Ihnen wohl zu wenig, und Sie hoffen wahrscheinlich...«

»Ich hoffe tatsächlich, daß...«
»Ich warne Sie! Wenn Sie...«
»Weiter bitte...«
»Wenn Sie noch länger in diesem Ton mit mir sprechen, rufe ich beim Gericht in Rochefort an und sage den Herren...«
»Tun Sie es doch!«
»Sie trauen es mir nicht zu? Wie Sie wünschen!«
Und bei diesen Worten war er wieder ganz der Grandseigneur vom Tag zuvor.
»Hallo, Mademoiselle... Würden Sie mich bitte mit...«
Ungerührt legte der kleine Doktor die Hand auf den Apparat.
»Nicht der Mühe wert...«
»Wieso?«
»Weil Sie Ihren Bruder nicht getötet haben... Weil Sie ihn gar nicht hätten töten können, außer Sie wären selbst verrückt... Und weil Ihr Bruder zur Mauer gedreht lag, keine dreißig Zentimeter davon entfernt. Da hätte ihm keiner ein Messer in die Brust jagen können...«
Beängstigende Stille.
»Setzen Sie sich doch, Monsieur Vauquelin-Radot... Wissen Sie, ich hätte nie gedacht, daß Ihr Klassendünkel so weit gehen würde...
Aber ich will Ihnen nun, wenn Sie möchten... Sie gestatten doch, daß ich rauche?... Ich will Ihnen, sagte ich, ein paar Dinge sagen, dann werden Sie in Zukunft vielleicht nicht mehr so verächtlich auf einen Landarzt herabblicken.

Daß es mir nicht um die fünfzigtausend Francs geht, von denen Sie eben sprachen, brauche ich Ihnen nicht erst zu sagen...

Gestern sprach ein redlicher Mann, der nichts anderes wollte, als die Wahrheit herausfinden, höflich bei Ihnen vor, und Sie setzten ihn, ohne zu zögern, vor die Tür...

Um in Ihr Büro eingelassen zu werden und Ihnen ein paar Minuten für ein Gespräch abzunötigen, war ich heute gezwungen, mich als Erpresser auszugeben...«

Dollent hatte sich gesetzt, nicht auf den Stuhl, auf dem er gestern saß, sondern in einen tiefen Clubsessel, und schlug die Beine übereinander. Das war schon ein kleiner Anfang seiner Rache.

»Nicht Sie interessieren mich an diesem Fall, sondern Ihr Bruder. Sie haben den üblichen, den leichteren Weg eingeschlagen... Reich, geachtet, durch Ihre Heirat noch reicher geworden, widmen Sie sich historischen Studien, die kein besonderes Genie erfordern und Ihnen Ruhm und Ehre einbringen...

Ihr weniger disziplinierter Bruder geriet schon sehr früh auf die schiefe Bahn... Infolge welcher Krankheit, welcher Exzesse er halb, wenn nicht ganz den Verstand verlor, steht hier nicht zur Debatte, denn ich nehme nicht an, daß Sie ein ärztliches Gutachten wünschen...

Fest steht, daß er ein Wrack war und daß Ihnen wohler war, als dieses Wrack erst einmal in einer Heilanstalt in Dakar eingesperrt war, denn ein Skandal, durch den der Name der Vauquelin-Radots in den Schmutz gezogen worden wäre, war nun nicht mehr zu befürchten...

Dann brach in der Anstalt jener schreckliche Brand

aus... Ihr Bruder konnte sich retten, ohne daß jemand davon wußte... Und als er in Freiheit war, verlangte er von Ihnen...«

»Wissen Sie, Doktor, was er verlangt hat?«

»Geld.«

»Zuerst eine Million! Und wissen Sie, womit er mir gedroht hat? Daß er seine Tochter zurückholen würde! Er wußte, daß ich sie adoptiert hatte und daß sie für meine Frau und mich wie ein eigenes Kind war...«

»Sie haben ihm fünftausend überwiesen...«

»Ich habe immer nur kleinere Beträge geschickt, damit er keine neuen Dummheiten macht... Er war mehr und mehr übererregt... Ich merkte, daß er zu allem fähig war... In seinen Briefen, die ich hier habe...«

»Ich weiß.«

»Sie können sie lesen... Sollte ich ihn wieder einsperren lassen? Er tat mir leid. Ich hoffte, er würde es schaffen, irgendwo Fuß zu fassen... Doch statt dessen drohte er immer offener, stellte immer höhere Forderungen und schrieb wieder und wieder, er wolle Martine zurückhaben...

Als ich sah, daß er näher kam...«

»Hamburg!«

»Ja, Hamburg... Dann Antwerpen...«

»Sie fürchteten einen Skandal...«

»Weniger meinetwegen als wegen Martine... Ich bot ihm höhere Summen, wenn er sich bereit erklärte, im Ausland zu bleiben... Daraufhin verlangte er in seiner zunehmenden geistigen Verwirrung Millionenbeträge... Dort sind die Briefe...«

»Das sagten Sie bereits...«

»Was hätten Sie an meiner Stelle getan? Ich sandte ihm zwanzigtausend und schrieb, mehr sei nicht da... Und da...«

»Kam er noch näher... Nach Bordeaux... Und begann auf Rache zu sinnen... In seiner Vorstellung waren Sie der Feind, der alles an sich gerissen hatte, nicht nur das Vermögen der Familie, sondern auch seine Tochter, und obendrein noch Ehre und Ansehen genoß...

Ich habe ein wenig Psychiatrie gemacht, Monsieur... Er wollte Rache üben, die Rache des Geistesgestörten... Ein Drama inszenieren, das Sie um Ihre Ruhe und Ihre Ehre bringen sollte... mit der Hellsichtigkeit des Geistesgestörten, die in einzelnen kleinen Details zum Zuge kommt...

Eine namenlose Leiche... Kleider ohne Kennzeichen... Und ein sonderbarer Brief, in dem er aufgefordert wird, in Ihren Gemüsegarten zu kommen...

Aber das scheint ihm noch nicht genug, um die Aufmerksamkeit auf Sie zu lenken... Er kompliziert die Sache, und hier zeigt sich, daß er wirklich verrückt ist... Wahrscheinlich progressive Paralyse... Er kommt früher und entdeckt den Geräteschuppen... Er bringt das Metermaß und die Pflöcke in den Garten, nimmt einen Spaten und gräbt ein Loch...

Die gesamte Presse würde sich auf einen so mysteriösen Fall stürzen...

Er tötet sich, wie er es schon lange vorhatte... Aber er tötet sich auf eine Art und Weise, die auf ein Verbrechen schließen läßt... Mit seiner Jacke wischt er den Messergriff ab... Dann klemmt er das Messer zwischen die Mauer und seine Brust, die Klingenspitze genau an der Stelle, wo das Herz ist...

Er trägt keine Handschuhe... Wer würde im Fehlen von Fingerabdrücken nicht den Beweis sehen, daß es Mord war?

Er haßt Sie, ich betone es noch einmal... Er gehört Ihrem Clan, Ihren Kreisen an, doch Ihr Clan, Ihre Kreise haben ihn verbannt, ihn ins Heim gesteckt... Und er macht Sie dafür verantwortlich, Sie allein...«

»Sagen Sie, Doktor...«

»Schweigen Sie!« herrschte der kleine Doktor ihn an. Jetzt war es an ihm, hart und unnachgiebig zu sein.

»Sie fürchteten den Skandal so sehr, Ihretwegen und Ihrer Familie wegen, daß Sie geschwiegen haben und...«

»Meinen Sie, es wäre besser gewesen, Martine zu offenbaren, was ihr Vater...«

»Und damit Ihre Wahl ins Institut zu gefährden, nicht wahr?«

Monsieur Vauquelin-Radot senkte den Kopf.

»Sie sind sehr hart, Doktor... Der Skandal muß vermieden werden, wo immer es möglich ist. Ich wüßte nicht, wozu es gut gewesen wäre...«

»Das war's, was ich Ihnen zu sagen hatte, Monsieur... Wie Sie gestern sehr richtig bemerkten, bin ich nicht mit dem Fall betraut... Nur mit Hilfe einer List bin ich in Ihr Haus gelangt, ich mußte mich als Erpresser ausgeben, sonst hätte man mich sicher wieder hinausgeworfen, so wie gestern...«

»Was haben Sie jetzt vor?«

»Nichts... Ich fahre nach Hause...«

»Und... äh...«

Er zögerte. Er wußte nicht, wie er seine Frage formulieren sollte.

»...Wenn Sie Ihren Freund, den Untersuchungsrichter treffen?«

»Es ist sein Fall, nicht wahr? Ich bin nicht einmal Zeuge... Was den Scheck betrifft... Ich frage mich, ob es später einmal, wenn die Sache, die vermutlich nie aufgeklärt wird, in Vergessenheit geraten ist, nicht das beste wäre, die Leiche Ihres Bruders... Ich habe gehört, daß die Vauquelin-Radots in Versailles eine Familiengruft besitzen... Mit den fünfzigtausend Francs...«

»Warten Sie doch, Doktor...«

»Entschuldigen Sie, aber ich habe es eilig...«

Jetzt war es der andere, der ihm nachlief, und der kleine Doktor, der ihm die kalte Schulter zeigte.

»Aber Sie können doch nicht...«

»Maître d'hôtel!« rief Dollent draußen vor der Halle. »Meinen Hut, meinen Mantel...«

»Tun Sie mir wenigstens den Gefallen und...«

»Gern, Monsieur Vauquelin-Radot, sehr liebenswürdig von Ihnen, aber meine Verpflichtungen... Ich bin sehr beschäftigt...«

Und in Gegenwart des verdatterten Dieners rief er triumphierend:

»Adieu!«

Leichten Schritts eilte er die Stufen hinunter und auf das Gittertor zu, stieg gutgelaunt in seine *Ferblantine*, die ausnahmsweise einmal auf Anhieb ansprang.

*Das Schloß der roten Hunde*

I

*Der kleine Doktor fragt jemanden ganz
freundlich, ob er ein Mörder sei, und wird
mit vollendeter Höflichkeit empfangen*

Er zögerte eine Viertelsekunde, nicht länger, stellte sich auf die Zehenspitzen, denn er war nicht groß und der Klingelzug war übertrieben hoch oben angebracht. Sogleich ertönten zwei verschiedene Sorten von Lärm, die sich gegenseitig das Reich der Töne streitig zu machen schienen: die Glocke, die der kleine Doktor in Gang gesetzt hatte und die irgendwo am Schloß Sturm läutete, und das Gekläff einer gewaltigen Menge von Hunden.

Das ist nicht etwa bildlich gemeint: es handelte sich wahrhaftig um eine gewaltige Menge, sofern sich der Ausdruck auf gut vierzig garstige Köter anwenden läßt, vierzig kleine rote Kläffer, keiner Rasse zuzuordnen, aber alle gleich aussehend, mit dem einzigen Unterschied, daß es junge und alte gab.

Sie drangen aus irgendeinem Winkel des Schlosses hervor, jagten durch das, was früher einmal ein Park gewesen sein mußte, von dem nichts als dichtes Dornengestrüpp am Fuß einiger hoher Bäume übriggeblieben war, und schossen auf das Gittertor zu.

Der kleine Doktor wußte, daß man ihn beobachtete, nicht nur aus dem Schloß, sondern auch aus den Häusern im Dorf, wo man sich wohl fragte, wer in einem solchen Moment an diesem Tor zu klingeln wagte.

Es war ein kleiner Marktflecken auf einer Lichtung im Wald von Orléans. Die Lichtung aber war wie ein altes Kleidungsstück zu eng geworden für das Schloß und die wenigen ärmlichen Häuser. Der Wald schob sich immer weiter vor, erdrückte das Dorf, zu dem die Sonne nur mühsam durchzudringen schien.

Ein paar Schieferdächer. Ein Kolonialwarengeschäft, ein Gasthof, niedrige Häuser. Und dann das zu große und zu alte halb verfallene Schloß, das aussah wie ein verarmter Adliger in gut geschnittenen, aber zerlumpten Kleidern.

Würde der kleine Doktor das Gebimmel ein zweites Mal auslösen, während sich all die kleinen roten Köter in Knäueln zähnefletschend gegen das Gitter warfen?

Ein Vorhang bewegte sich im Erdgeschoß... Im ersten Stock tauchte für einen Augenblick eine undeutliche Gestalt auf...

Endlich kam jemand... Ein junges Mädchen oder eine junge Frau zwischen zwanzig und fünfundzwanzig, eine Hausangestellte, liebenswürdig, mit verführerischen Formen und anziehendem Gesicht, wie man es an so einem Ort gar nicht erwartet hätte.

»Was gibt es?« fragte sie, während sie die Hunde zurückstieß, sie am Nackenfell packte und weit hinter sich schleuderte.

»Ich möchte Monsieur Mordaut sprechen...«
»Sind Sie mit ihm verabredet?«
»Nein.«
»Kommen Sie von der Staatsanwaltschaft?«

»Nein... Aber wenn Sie so freundlich wären, ihm meine Karte zu bringen...«

Sie entfernte sich. Die Hunde begannen wieder mit ihrem Konzert. Wenig später kehrte sie in Begleitung einer anderen Hausangestellten zurück, die um die Fünfzig war und ein mißtrauisches Gesicht machte.

»Was wollen Sie von Monsieur Mordaut?«

Der kleine Doktor, der kaum noch Hoffnung hatte, je durch dieses so streng bewachte Tor zu gelangen, ging aufs Ganze:

»Es ist wegen der Giftmorde«, sagte er mit seinem freundlichsten Lächeln, als reiche er Konfekt herum.

Hinter einer Fensterscheibe im ersten Stock war erneut die Silhouette eines Mannes erschienen. Das mußte Monsieur Mordaut sein.

»Kommen Sie doch herein... Ist das Ihr Auto? Fahren Sie es auch herein, denn draußen wird es bald kaputt sein, da bewerfen es die Dorfjungen mit Steinen...«

»Guten Tag, Monsieur... Entschuldigen Sie, daß ich so einfach bei Ihnen hereinplatze, noch dazu, wo Sie meinen Namen vermutlich noch nie gehört haben...«

»Nein, noch nie«, gestand der traurige Monsieur Mordaut und schüttelte den Kopf.

»So wie sich andere Leute mit Schriftdeutung oder mit den Erdstrahlen befassen, gilt meine Leidenschaft den menschlichen Problemen, den Geheimnissen, wenn Sie so wollen, und fast jeder Kriminalfall ist ja zunächst einmal ein Geheimnis...«

Das Schwierigste war noch nicht getan, vielmehr

gesagt. Immerhin aber war er hier, saß in einem Salon. Und dieser Salon stellte eine ganze Epoche dar oder, besser gesagt, ein Mischprodukt aus zehn Epochen, ein im Lauf der Jahre, der Jahrhunderte angehäuftes Sammelsurium.

Wie das Äußere des Schlosses war auch hier alles düster und verstaubt, heruntergekommen, schäbig, armselig. Und nicht anders sah Monsieur Mordaut selbst aus, mit seiner zu langen Jacke, die an einen Gehrock von anno dazumal erinnerte, und seinen hohlen, von einem moosartigen, graubraunen Bart bedeckten Wangen.

»Ich höre...«

Nun denn! Für einen Rückzieher war es zu spät!

»Mit größtem Interesse, Monsieur, habe ich die Gerüchte verfolgt, die seit einiger Zeit über dieses Schloß und Ihre Person kursieren. Wie ich höre, haben die Behörden Verdacht geschöpft und die Exhumierung der drei Leichen angeordnet... Ich möchte ganz offen mit Ihnen reden: Ich bin hier, um die Wahrheit aufzudecken, um also herauszufinden, ob Sie Ihre Tante Emilie Duplantet, danach Ihre Frau Félicie geborene Maloir und schließlich Ihre Nichte Solange Duplantet vergiftet haben...«

Es war das allererste Mal, daß er in dieser Weise mit jemandem sprach, und ihm war dabei höchst unbehaglich zumute, zumal ihn von der Straße und vom Dorf ein langer, von mehreren Türen versperrter Weg trennte. Sein Gesprächspartner indes hatte keine Miene verzogen. An einer langen schwarzen Kordel um seinen Hals baumelte ein altmodischer Kneifer, und seinen Gesichtsausdruck konnte man nicht anders als traurig, abgrundtief traurig bezeichnen.

Er war die Traurigkeit in Person, trug auf seinen Schultern gleichsam alle Traurigkeit dieser Welt!

»Recht so, sprechen Sie nur offen mit mir... Kann ich Ihnen etwas anbieten?«

Der kleine Doktor zuckte unwillkürlich zusammen, denn wenn einem jemand etwas zum Trinken anbietet, den man soeben mehr oder weniger unverblümt beschuldigt hat, drei Giftmorde begangen zu haben, ist das doch ziemlich beunruhigend.

»Keine Angst... Ich trinke vor Ihnen... Ich habe noch einen alten Vin cuit, wie er hier im Schloß gemacht wurde, bevor die Reblaus kam... Sind Sie im Dorf gewesen?«

»Ich habe kurz beim Gasthof haltgemacht, um nachzufragen, ob ich dort übernachten kann...«

»Das ist doch nicht nötig, Monsieur... Monsieur wie?«

»Jean Dollent...«

»Ich bitte Sie, Monsieur Dollent, mein Gast zu sein...«

Er entkorkte eine ungewöhnlich geformte, staubige Flasche, und der kleine Doktor trank fast ohne Furcht einen der besten Vins cuit, der ihm je untergekommen war.

»Sie können hierbleiben, solange Sie wollen... Sie werden an meinem Tisch speisen... Sie können sich im ganzen Schloß frei bewegen, und ich werde Ihre Fragen mit absoluter Offenheit beantworten... Sie gestatten?«

Er zog an einer Wollschnur, und irgendwo ertönte

ein schwaches Bimmeln, dann erschien die ältere Frau, die Dollent das Tor geöffnet hatte.

»Ernestine, decken Sie für einen mehr... Und lassen Sie für Monsieur das grüne Zimmer richten... Er soll sich wie zu Hause fühlen, hören Sie? Und sagen Sie ihm alles, was er wissen will...«

Wieder allein mit Dollent, seufzte er:

»Vielleicht wundern Sie sich über einen solchen Empfang? Wer weiß, ob Ihnen das nicht sonderbar erscheint? Wissen Sie, Monsieur Dollent, irgendwann kommt der Augenblick, da greift man nach jedem rettenden Strohhalm. Würde eine Kartenlegerin, ein Fakir oder ein Derwisch, eine Zigeunerin oder einer dieser von Ihnen erwähnten Rutengänger, die Erdstrahlen aufspüren, mir ihre Hilfe anbieten, ich würde mich genauso entgegenkommend zeigen...«

Er sprach schleppend, mit matter Stimme, starrte dabei auf den abgewetzten Teppich und putzte mit mechanischen Bewegungen übertrieben gründlich die Gläser seines Lorgnons, das er sich nie vor die Augen hielt.

»Ich bin ein Unglücksmensch von Geburt an... Gäbe es Unglückswettbewerbe, Mißgeschickmeisterschaften, ich würde bestimmt den ersten Preis erringen... Was ich auch anstelle, es wendet sich gegen mich... Alles, was ich tue, jedes Wort aus meinem Mund bringt Unheil... Ich bin dazu geboren, nicht nur auf mein eigenes Haupt Unglück zu häufen, sondern auch auf alle, die um mich sind...

Meine Großeltern waren sehr reich... Mein Großvater Mordaut ist derjenige gewesen, der den größten

Teil des Quartier Haussmann in Paris gebaut und Millionen damit gescheffelt hat...

Am Tag meiner Geburt hat er sich erhängt, wegen eines Skandals, in den er und einige Politiker verwickelt waren.

Meine Mutter hatte das so tief getroffen, daß sie Kindbettfieber bekam, dem sie drei Tage später erlag.

Mein Vater versuchte zu retten, was zu retten war...
Von dem ganzen Vermögen, das mein Großvater angesammelt hatte, war nur das Schloß übriggeblieben...
Als ich hierher kam, war ich fünf... Beim Spielen zündelte ich im Turm, und ein ganzer Flügel, in dem sich die Wertgegenstände befanden, brannte ab...«

Das war zuviel! Es wurde geradezu komisch!

»Mit zehn hatte ich eine gleichaltrige Freundin, die ich sehr liebte, Gisèle, die Tochter des damaligen Gastwirts. Damals waren die Schloßgräben noch mit Wasser gefüllt. Eines Tages, als wir mit einem roten Stofffetzen Frösche fangen wollten, glitt sie aus und ertrank vor meinen Augen...

Ich könnte die Liste der Unglücksfälle, die mir widerfahren sind, noch lange fortsetzen...«

»Entschuldigen Sie!« unterbrach ihn der kleine Doktor. »In all diesen Fällen, so scheint mir, hat das Unglück die anderen mehr als Sie selbst getroffen...«

»Aber das ist ja gerade das allerschlimmste Unglück, finden Sie nicht? Vor acht Jahren zog meine Tante Duplantet zu uns, nachdem sie Witwe geworden war, und sechs Monate später starb sie an Herzversagen...«

»Man sagt, es sei eine langsame Arsenvergiftung gewesen... Hatte sie nicht eine Lebensversicherung zu Ihren Gunsten abgeschlossen, und haben Sie nach ihrem Tod nicht eine hohe Summe erhalten?«

»Hunderttausend Francs... Kaum genug, um das einsturzgefährdete Turmgemäuer abzustützen... Drei Tage später...«

»...starb Ihre Frau, ebenfalls an Herzversagen... Auch sie hatte eine Lebensversicherung abgeschlossen...«

»...die mir die Ihnen bekannten Anschuldigungen sowie einen Betrag von zweihunderttausend Francs einbrachte...«

Er seufzte und starrte dabei auf sein Lorgnon mit den blankgeputzten Gläsern.

»Und vor vierzehn Tagen schließlich«, schloß der kleine Doktor, »starb hier im Schloß Ihre Nichte, die Waise Solange Duplantet, an einer Herzkrankheit und hinterließ Ihnen das Vermögen der Duplantets, also nahezu eine halbe Million...«

»In Grundstücken und Immobilien!« präzisierte der sonderbare Schloßherr.

»Diesmal kochte die Gerüchteküche über, beim Gericht trafen anonyme Briefe ein, und es wurde eine Ermittlung eingeleitet...«

»Die Herren sind schon dreimal hiergewesen und haben nichts gefunden... Zweimal bin ich nach Orléans vorgeladen worden, wo man mich verhört und ›ihren‹ Zeugen gegenübergestellt hat... Wenn ich wagte, mich im Dorf zu zeigen, würde man mich wohl umbringen...«

»Weil in allen drei Leichen Arsenspuren gefunden worden sind...«

»Die findet man anscheinend immer...«

Deswegen war der kleine Doktor ja hier! Auf der Herfahrt hatte er einen Abstecher nach Paris gemacht und seinen Freund Kommissar Lucas aufgesucht. Lucas hatte ihm erklärt:

»Ich bin überzeugt, daß nichts dabei herauskommen wird. Giftmorde sind die rätselhaftesten Fälle. Wir können nicht mal mit Sicherheit sagen, ob es viele oder wenige gibt, ganz bestimmt aber gibt es in diesem Bereich die meisten ungesühnten Verbrechen.

In den inneren Organen oder was davon noch übrig ist, wird man Arsen finden, Sie werden sehen... Unter den Experten wird es einen endlosen Streit geben, die einen behaupten, es gäbe in jeder Leiche Arsenspuren, die anderen vertreten die Meinung, daß es sich um Vergiftung handelt...

Sollte der Fall bis vor das Schwurgericht kommen, werden diese wissenschaftlichen Diskussionen und all die widersprüchlichen Schlußfolgerungen die Geschworenen so verwirren und verstören, daß sie vorsichtshalber keinen Schuldspruch fällen.

Auf diesem Gebiet könnte jemand wie Sie mit ein wenig Glück...«

Er stand auf dem Schloßhof. Er schnupperte, sog die hoffnungslos trübselige Atmosphäre in sich ein.

»Darf ich fragen, warum Sie so viele Hunde haben, und alle von derselben Rasse?«

Die Frage überraschte Monsieur Mordaut.

»So viele Hunde...?« wiederholte er. »Ach ja... *Tom* und *Mirza!* Wissen Sie, mein Vater hatte zwei

Hunde, die er sehr liebte. Diese Hunde, *Tom* und *Mirza*, haben Junge bekommen... Die Jungen haben wieder Junge geworfen... Seit meine Jugendfreundin vor meinen Augen ertrunken ist, kam es für mich nicht mehr in Frage, kleine Hündchen oder Kätzchen ertränken zu lassen... Was Sie da sehen, ist die Nachkommenschaft von *Tom* und *Mirza*... Wie viele es sind, weiß ich nicht... Wir kümmern uns kaum um sie... Sie leben im Park und verwildern allmählich...«

Er wurde nachdenklich. Irgend etwas schien ihn zu beschäftigen.

»Sonderbar...«, murmelte er. »Die Hunde sind die einzigen Wesen um mich herum, die prächtig gedeihen... Ich habe noch nie darüber nachgedacht...«

»Sie haben einen Sohn?«

»Hector, ja... Sie haben es sicher schon gehört... Nach einer Kinderkrankheit begann Hector in die Höhe zu schießen, während sein Gehirn in seiner Entwicklung stagnierte... Er lebt hier im Schloß... Mit seinen zweiundzwanzig Jahren besitzt er etwa die Intelligenz eines Neunjährigen... Bösartig ist er jedoch nicht...«

»Steht die Frau, die mich eingelassen hat und die Sie Ernestine nennen, schon lange in Ihren Diensten?«

»Seit jeher... Sie ist die Tochter von meines Vaters Gärtner... Die beiden sind gestorben, und sie ist bei mir geblieben...«

»Hat sie nicht geheiratet?«

»Nein.«

»Und die junge Frau?«

»Rose?« fragte Monsieur Mordaut leise lächelnd.

»Sie ist eine Nichte von Ernestine... Sie lebt seit nunmehr beinahe zehn Jahren im Schloß, sie ist das Zimmermädchen... Als sie hierher kam, war sie ein blutjunges Ding, gerade sechzehn...«

»Sonst haben Sie kein Personal?«

»Nein... Mein Vermögensstand gestattet mir nicht, ein großes Haus zu führen... Seit zwanzig Jahren fahre ich dasselbe Auto, und die Leute drehen sich um, wenn ich damit an ihnen vorbeiratterte... Ich lebe nur mit meinen Büchern, meinen Nippesfiguren...«

»Fahren Sie oft nach Paris?«

»So gut wie nie... Was soll ich dort?... Ich bin nicht reich genug, um Geld für Vergnügungen ausgeben zu können, aber auch nicht arm genug, um eine Stelle als Angestellter anzunehmen... Und würde ich spekulieren, dann verlöre ich ganz bestimmt alles... Bei meinem Glück!«

Wenn man dieser verhaltenen, eintönigen Stimme zuhörte, hatte man zuweilen das Gefühl, sich unter einer Glasglocke zu befinden.

Waren die anderen Schloßbewohner auch so in sich gekehrt, auch die so liebenswürdig wirkende Rose? Konnte man sich überhaupt vorstellen, einmal ein lautes Lachen, echtes, freudiges Gelächter durch diese Zimmer oder durch die Gänge schallen zu hören?

Der kleine Doktor fuhr zusammen. Er hatte ein Geräusch gehört, das ihm sehr vertraut war: Jemand versuchte, den Motor von *Ferblantine* anzulassen.

Er sah seinen Gastgeber böse an.

»Da macht sich jemand an meinem Auto zu schaffen...«

Beinahe wäre ihm ein Verdacht gekommen...

»Ach, herrje... Da sind Sie gerade angekommen, und wir unterhalten uns ganz friedlich... Das ist Hector, Sie werden sehen...«

Seufzend trat er an eins der Fenster und öffnete es. Tatsächlich thronte auf dem Fahrersitz von *Ferblantine* ein hünenhafter junger Bursche, der dabei war, die Gangschaltung entsetzlich zu malträtieren.

»Hector! Willst du wohl aussteigen!«

Als einzige Antwort streckte Hector seinem Vater die Zunge heraus.

»Hector! Wenn du nicht sofort das Auto von Monsieur Dollent in Ruhe läßt...«

Monsieur Mordaut stürzte nach draußen... Der kleine Doktor folgte ihm und wurde Zeuge einer Szene, die peinlich und grotesk zugleich war. Der Vater versuchte seinen Sohn aus dem Auto zu zerren. Hector jedoch war einen Kopf größer als er und ausgesprochen kräftig gebaut.

»Ich will fahren!« rief er trotzig.

»Wenn du nicht auf der Stelle aussteigst...«

»Daß du's nur weißt, auspeitschen lasse ich mich nicht mehr...«

Die Hände in die Hüften gestemmt, stand Ernestine an der Küchentür und verfolgte ungerührt, wie der Kampf hin und her wogte.

Plötzlich jedoch öffnete sich eine andere Tür. Rose, die ein weißes Schürzchen umgebunden hatte, weil sie das Essen servieren sollte, und damit noch reizender aussah, kam auf das Auto zugeeilt.

»Lassen Sie ihn...«, sagte sie zu Monsieur Mordaut.

»Sie wissen doch, daß er sich von Ihnen nichts sagen läßt... Na, na, Monsieur Hector, Sie werden doch das Auto vom Herrn Doktor nicht kaputtmachen wollen?«

»Ist das ein Doktor?« fragte der junge Mann mißtrauisch. »Zu wem ist er gekommen?«

»Steigen Sie aus... Schön brav sein...«

Sie genoß Autorität bei ihm. Schon allein ihre Stimme schien den Halbverrückten zu besänftigen. Er hatte das Steuer von *Ferblantine* losgelassen und musterte jetzt Jean Dollent.

»Zu wem ist er gekommen? Ist es wegen Ernestines Krebskrankheit?«

»Ja, richtig... Wegen Ernestines Krebs...«

Nachdem der 5 CV in der Garage in Sicherheit gebracht worden war, wo schon der alte Wagen von Monsieur Mordaut stand, zog dieser den kleinen Doktor mit sich in den Garten.

»Ernestine hat gar keinen Krebs, müssen Sie wissen... Aber sie redet die ganze Zeit davon. Seit ihre Schwester, Roses Mutter, an Krebs gestorben ist, glaubt sie felsenfest, daß sie auch einen hat... Sie weiß aber zum Beispiel nicht einmal genau wo... Mal sitzt er im Rücken, mal in der Brust, dann wieder im Bauch... Sie verbringt ihre Zeit damit, Ärzte zu konsultieren, und ärgert sich, daß sie nichts finden... Wenn sie Ihnen von ihrem Krebs erzählt, rate ich Ihnen...«

Doch da tauchte Ernestine wutschnaubend vor ihnen auf.

»Wollen Sie jetzt endlich zu Tisch kommen oder nicht? Wenn Sie glauben, das Mittagessen kann ewig warten...«

Außer den beiden Hausangestellten hatten also drei Frauen in diesem Haus gelebt, und alle drei waren in unterschiedlichem Alter an einer Herzkrankheit gestorben. So lautet im allgemeinen die flüchtige Diagnose bei Giftmord mit Arsen. Jedenfalls bei allmählicher Vergiftung, wenn der Mörder seinem Opfer den Tod in kleinen Dosen verabreicht, Tag für Tag, und zwar monatelang...

Auf dem Tisch standen eine Karaffe mit Wein und eine mit Wasser. Es war ein bescheidenes, um nicht zu sagen karges Mahl: als Vorspeise ein paar Sardinen und Radieschen wie in zweitklassigen Restaurants, dann Lammragout, ein Stück halbvertrockneter Käse und zum Dessert für jeden zwei Kekse.

War dem kleinen Doktor anzusehen, daß er an die drei Verstorbenen dachte und ein wenig besorgt war? Jedenfalls sagte Monsieur Mordaut mit trauriger Stimme:

»Sie brauchen keine Angst zu haben! Ich nehme mir von jedem Gericht, von jedem Getränk vor Ihnen... Bei mir spielt es keine Rolle mehr...

Ich bin nämlich ebenfalls herzkrank, müssen Sie wissen... Seit drei Monaten spüre ich die gleichen Symptome wie meine Tante, meine Frau und meine Nichte im Anfangsstadium ihrer Krankheit...«

Man mußte wahrhaftig einen gesunden Appetit haben, um da zuzugreifen! Hätte Jean Dollent nicht besser daran getan, im Gasthof zu essen und dort auch zu schlafen?

Hector hingegen aß gierig wie ein schlecht erzogenes Kind, und der Anblick dieses stattlichen Zweiundzwanzigjährigen mit dem verschlagenen Blick eines kleinen Gassenjungen war auch nicht gerade erhebend.

»Was haben Sie heute nachmittag vor, Doktor? Kann ich Ihnen noch von Nutzen sein?«

»Ich würde mich ebenso gern allein umsehen... Ich werde ein bißchen über die Felder gehen... Vielleicht stelle ich den Hausangestellten ein paar Fragen...«

Das war das erste, was er dann tat. Er trat in die Küche, wo Ernestine das Geschirr abwusch.

»Was hat er Ihnen erzählt?« fragte sie mißtrauisch wie eine Bäuerin. »Hat er Ihnen was von meinem Krebs gesagt?«

»Ja...«

»Er hat Ihnen gesagt, daß es gar nicht wahr ist, stimmt's? Er jedoch behauptet steif und fest, herzkrank zu sein... Na ja! Ich bin sicher, daß genau das Gegenteil der Fall ist... Er hat nie was am Herz gehabt... Man sieht ihm doch an, daß er nichts hat, auch wenn er über Schmerzen klagt... Er hat ja auch nicht diese Schweißausbrüche wie die armen Damen...«

»Schweißausbrüche?«

»Abends, ja... Und bei der geringsten Anstrengung... Als es auf das Ende zuging, klagten sie über Schwindelgefühle, und es gab nie genug Bettdecken, um sie zu wärmen... Sogar mit zwei Wärmflaschen zitterten sie vor Kälte... Sieht er vielleicht aus wie einer, der vor Kälte zittert?«

Sie redete, ohne in ihrer Arbeit innezuhalten, und man sah ihr an, daß sie robust und kerngesund war. Als junges Mädchen mußte sie einmal sehr hübsch gewesen sein, genauso üppig wie jetzt ihre Nichte Rose. Sie sah den Leuten keck ins Gesicht und redete frei von der Leber weg.

»Was ich Sie fragen wollte, Doktor... Kann man jemanden mit Arsen oder einem anderen Gift krebskrank machen?«

Er zog es vor, weder ja noch nein zu sagen, denn er hielt es für besser, der alten Hausangestellten ihre Ängste zu lassen.

»Was für Beschwerden haben Sie?«

»Stechende Schmerzen, als würde man mir einen Nagel hineinbohren... Vor allem in der Nierengegend... Manchmal auch zwischen den Schulterblättern.«

Er durfte nicht lächeln, denn damit würde er sie sich nur zur Feindin machen.

»Wenn Sie wollen, kann ich Sie nachher untersuchen...«

Wie kam er nur auf diese Idee?

Hätte es sich um Rose gehandelt, wäre es noch verständlich gewesen. Aber bei Ernestine, die über fünfzig war? Was für ein Gedanke, sie ausgezogen sehen zu wollen!

»Sobald ich mit meinem Geschirr fertig bin«, sagte sie eilfertig. »Sehen Sie, nur noch die drei Teller und das Besteck... Das schaffe ich in fünf Minuten...«

Sollte sie etwa...? Nein! Das glaubte er denn doch nicht. Gewiß, er hatte Patientinnen dieses Alters gehabt, die es noch nicht aufgegeben hatten und für die ein Arzt ganz besondere Anziehungskraft zu besitzen schien. Eine aus Marsilly kam jede Woche zu ihm.

Immer tat es ihr irgendwo weh, und immer hatte sie das Bedürfnis, sich auszuziehen.

Aber Ernestine?

Noch dazu in diesem düsteren Schloß!

»So... Ich bin fertig... Die Hunde füttere ich, wenn wir wieder herunterkommen... Mein Zimmer ist im zweiten Stock... Kommen Sie... Brauchen Sie denn nicht Ihre Tasche?«

Die Treppe war in einem der Türme. Sie stiegen in den zweiten Stock hinauf, wo es sieben, acht Zimmer gab, die auf einen langen Korridor mündeten. Auf dem Fußboden lagen keine Teppiche mehr. An den Wänden hingen noch alte Stiche, wertlose Gemälde, schief und verstaubt.

Ernestine stieß eine Tür auf, und sie standen zu seiner großen Überraschung in einem hellen, sauberen und sogar recht gemütlichen Zimmer.

Es war das Zimmer einer wohlhabenden, ordnungsliebenden Bäuerin. Ein großes altmodisches Mahagonibett, das mit einer makellos sauberen Steppdecke bedeckt war. Ein runder, blankpolierter Tisch. Ein Ofen. Ein Polstersessel und ein Fußschemel und in einer Ecke ein Louis-XVI-Damen-Sekretär mit einem hübschen, goldglänzenden Bronzeschloß.

»Achten Sie nicht auf die Unordnung...«

Es war nicht die geringste Unordnung, nicht ein Staubkörnchen zu sehen.

»Wenn man bei anderen Leuten wohnt, kann man sich nicht so geschmackvoll einrichten, wie wenn man seine eigene Wohnung hat... Glauben Sie mir, wenn ich ein kleines Häuschen auf dem Land hätte, irgendwo anders, nur nicht in diesem verfluchten Wald... Drehen Sie sich um, Herr Doktor, während ich mich ausziehe...«

Er schämte sich ein wenig. Es war fast ein Vertrauensmißbrauch! Er wußte doch, daß sie keinen Krebs hatte. Wozu also diese Untersuchung, die schon fast etwas Anstößiges hatte?

»So... Jetzt dürfen Sie sich wieder umdrehen...«

Sie hatte eine ungewöhnlich weiße Haut, beinahe die Haut eines jungen Mädchens, und ihre Proportionen waren immer noch harmonisch, wenn sie mit den Jahren auch ein wenig Speck angesetzt hatte.

»Hier ist es, Doktor... Fühlen Sie mal...«

Jemand klopfte an die Tür.

»Wer ist da?« fragte Ernestine ärgerlich.

»Ich bin's«, antwortete die Stimme von Rose. »Was machst du?«

»Wenn dich jemand fragt, sagst du, daß du nicht weißt, wo ich bin.«

»Ist der Doktor bei dir?«

»Das geht dich nichts an.«

»Ich suche ihn, ich will ihm sein Zimmer zeigen...«

»Das kannst du ihm nachher zeigen...«

Und zwischen den Zähnen murmelte sie:

»Das kleine Biest!... Wenn Sie könnte, würde sie durchs Schlüsselloch gucken... Aber ich habe absichtlich den Schlüssel von innen stecken lassen... Da!... Sie lauscht... Sie hat getan, als sei sie weggegangen, und ist leise zurückgekommen... So geht es in diesem Haus zu! Jeder verbringt seine Zeit damit herumzuspionieren. Wenn es nicht der eine ist, dann ist es der andere... Da glaubt man, irgendwo allein zu sein, und plötzlich steht jemand vor einem, ohne daß man ihn kommen hörte... Sogar der Hausherr vergnügt sich mit diesem Spiel! Und sein Sohn würde notfalls die Dachrinnen hinunterklettern, nur um Ihnen einen Schreck einzujagen! Sprechen Sie nicht zu laut! Man braucht uns nicht zu hören... Hier, fühlen Sie! Spüren Sie nicht so etwas wie eine Schwellung?«

»Wenn du glaubst, daß ich nichts höre...«, spottete Rose draußen auf dem Korridor. »Ich wünsche euch viel Spaß...«

Und diesmal schien sie wirklich wegzugehen.

2

*Drei lassen sich ärztlich untersuchen,
und die dritte Untersuchung bringt
den kleinen Doktor auf die Spur des Arsens*

»Finden Sie nichts?«

Die Untersuchung zog sich bereits eine gute Viertelstunde hin, und jedesmal, wenn der Doktor Anstalten machte, sie zu beenden, rief Ernestine ihn zur Ordnung.

»Meinen Blutdruck haben Sie nicht gemessen...«

Um zu prüfen, ob sie überhaupt wußte, wovon sie sprach, fragte er:

»Wie war er letztes Mal?«

»Unterer Wert 9, oberer 14... Nach Pachot...«

Patienten, die wissen, ob man ihnen den Blutdruck mit einem Pachot oder einem anderen Instrument mißt, sind selten, besonders auf dem Land.

»Nanu, meine Beste«, scherzte der kleine Doktor, »ich muß schon sagen, Sie sind medizinisch recht bewandert...«

»Versteht sich!« entgegnete sie. »Gesundheit kann man sich nicht kaufen... Und wenn ich hundert Jahre alt werden will wie meine Großmutter...«

»Haben Sie medizinische Bücher gelesen?«

»Und ob! Erst letzten Monat habe ich mir wieder eins aus Paris kommen lassen... Ich überlege, ob ich nicht eine Blutprobe einschicken soll, um eine Harnstoffbestimmung machen zu lassen...«

Frauen wie sie, die von einer beinahe krankhaften Sorge um ihre Gesundheit besessen waren, kannte er mehrere. Hier in diesem Giftschloß jedoch war jeder noch so kleinen Marotte eine besondere Bedeutung beizumessen. Ihm war keineswegs zum Lachen zumute. Er sah zu, wie sie sich wieder anzog, und dachte dabei, daß diese Frau wahrhaftig die besten Aussichten hatte, noch viele Jahre zu leben, falls sie nicht...

»In den Büchern, die Sie sich haben schicken lassen, geht es wohl um Gifte?«

»Natürlich geht es darum... Und ich mache kein Hehl daraus, daß ich alles gelesen habe, was darin steht... Wenn man drei warnende Beispiele vor Augen hat, ist man auf der Hut!... Vor allem, wenn man in der gleichen Situation ist wie die drei anderen!«

»Was wollen Sie damit sagen?«

Sie hatte den Satz nicht einfach so hingeworfen. Diese Frau tat nichts aufs Geratewohl, sie nahm sich stets Zeit zum Überlegen.

»Was ist denn herausgekommen, nachdem Tante Duplantet gestorben war? Daß sie eine Lebensversicherung zugunsten von Monsieur abgeschlossen hatte... Und als seine Frau starb?... Wieder eine Lebensversicherung! Und ich, tja nun, ich habe auch eine Lebensversicherung...«

»Zugunsten Ihrer Nichte, nehme ich an.«

»Eben nicht! Zugunsten von Monsieur... Und nicht etwa über ein kleines Sümmchen, sondern über hunderttausend Francs...«

Der kleine Doktor war wie vom Donner gerührt.

»Monsieur hat Sie für hunderttausend versichern lassen? Ist das schon lange her?«

»Gut fünfzehn Jahre... Das war lange vor Tante Duplantets Tod, so daß ich überhaupt nicht mißtrauisch wurde...«

»*Vor Tante Duplantets Tod...*« Der kleine Doktor speicherte den Satz unverzüglich in einem Winkel seines Gedächtnisses.

»Unter diesen Umständen frage ich mich verständlicherweise, ob ich nicht auch bald an die Reihe komme...«

»Unter welchem Vorwand hat er Sie versichert?«

»Ohne irgendeinen Vorwand... Er hat nur gesagt, daß ihn ein Versicherungsvertreter besucht habe und daß es vorteilhaft für mich sei und mich nichts koste, und falls mir etwas zustoße, sei wenigstens jemand da, der einen Nutzen davon habe...«

»Sie waren vierzig, als die Police unterschrieben wurde?«

»Achtunddreißig...«

»Und Sie waren schon jahrelang in diesem Haus?«

»Sozusagen seit jeher...«

»War Monsieur in jungen Jahren auch schon so traurig und... wie soll ich sagen... so apathisch?«

»Ich habe ihn nie anders gekannt...«

»Hat er immer so zurückgezogen gelebt?... Hatte er nie irgendwelche Affären?«

»Nie...«

»Sie sind über alles, was er tut, im Bilde, oder? Sind Sie sicher, daß er im Dorf nicht eine Geliebte hat?«

»Ganz sicher! Er geht nie aus! Und wenn eine Frau zu ihm käme, sähe man sie...«

»Da wäre aber noch eine andere Möglichkeit... Ihre Nichte Rose ist jung und hübsch... Meinen Sie, er...«

Sie sah ihm fest in die Augen und antwortete:

»Das würde Rose nicht mit sich machen lassen... Im übrigen ist er nicht der Typ dazu... Er interessiert sich nur für Geld... Er verbringt seine Zeit damit, Listen aufzustellen über alles, was sich im Schloß befindet. Manchmal sucht er tagelang nach irgendeinem wertlosen Gegenstand, einer Vase oder einem Aschenbecher, der verschwunden ist. Das ist seine einzige Leidenschaft!«

Sie hatte sich längst angezogen und war jetzt wieder ganz die strenge, resolute Köchin. Sie wirkte erleichtert, und ihr Blick schien zu sagen: »Jetzt wissen Sie genausoviel wie ich... Ich durfte einfach nicht schweigen...«

Fürwahr ein sonderbares Haus. Angelegt für gut zwanzig Personen, mit endlosen Zimmerfluchten, mit Ecken und Winkeln und unvermutet auftauchenden Treppen, beherbergte es jetzt außer der schrecklichen Meute roter Hunde ganze vier Bewohner.

Doch statt sich zusammenzutun, und sei es nur, um einander das Gefühl zu geben, lebendig zu sein, schienen diese vier Menschen nichts anderes im Sinn zu haben, als sich voneinander abzukapseln, so gut es ging.

Ernestines Zimmer lag im zweiten Stock ganz am Ende des Ganges im linken Flügel. Auf der Suche nach Roses Zimmer öffnete der kleine Doktor vergeblich sämtliche Türen auf dieser Etage. Die Zimmer waren alle unbewohnt und rochen feucht und muffig.

Er suchte im ersten Stock weiter. Ohne Mühe fand er das Zimmer von Monsieur Mordaut. Er hörte Geräusche und klopfte an.

»Würden Sie mir bitte das Zimmer von Rose, Ihrem Dienstmädchen, zeigen?« fragte er.

»Sie ist schon ein paarmal umgezogen... Jetzt wohnt sie, glaube ich, über der ehemaligen Orangerie... Am Ende des Korridors links... Die zweite oder dritte Tür...«

»Und Ihr Sohn?«

»Den halte ich mir in meiner Nähe... Er bewohnt das Zimmer seiner armen Mutter, und ich muß ihn vorsichtshalber jede Nacht einsperren... Machen Ihre Ermittlungen Fortschritte, Doktor? Hat Ihnen die alte Ernestine interessante Mitteilungen gemacht? Sie ist eine ehrliche Haut, denke ich... Aber wie viele ihresgleichen neigt sie dazu, die Macht, die man ihr allzu großzügig einräumt, zu mißbrauchen...«

Alle diese Sätze sagte er im gleichen, trübseligen Ton.

»So ist das eben... Wenn Sie mich brauchen, ich stehe Ihnen immer zur Verfügung... Wissen Sie, was ich gerade tue?... Kommen Sie doch herein, wenn Sie möchten... Das ist mein Zimmer... Ein bißchen unordentlich... Als Sie anklopften, war ich gerade dabei, die Fotos der drei Frauen, die in diesem Schloß gestorben sind, in ein Album einzukleben... Das ist meine Tante Emilie... Und hier meine Frau, ein paar Tage vor unserer Hochzeit... Da ist sie als Kind...

Sie ist nie sonderlich hübsch gewesen, nicht wahr?

Aber sie war sanft und bescheiden... Sie stickte den ganzen Tag... Sie verließ das Schloß nur, um in die Kirche zu gehen, und langweilte sich nie... Sie war dreißig, als ich sie geheiratet habe... Sie war die Tochter eines reichen Grundbesitzers aus der Gegend, aber da sie kaum ausging, hatte niemand um ihre Hand angehalten...

Ich hätte wissen müssen, daß ich ihr Unglück bringe...«

Dollent hielt es nicht lange aus, mit diesem finsteren und niedergeschlagenen Menschen allein zu sein, und machte sich auf den Weg zu Roses Zimmer. Er hatte rasch ausgerechnet, daß Rose schon fast ein Jahr im Haus gewesen sein mußte, als Tante Emilie dem Arsen oder einer Herzkrankheit erlag.

Konnte man sich eine Sechzehnjährige als Giftmörderin vorstellen?

Er lauschte an der Tür, und da er nichts hörte, drehte er vorsichtig den Türknopf und trat lautlos ein. Er hatte geglaubt, das Zimmer sei leer, statt dessen stand er plötzlich vor dem jungen Mädchen, das ihm seelenruhig entgegenblickte. Das war schon mehr als peinlich!

»Kommen Sie doch herein!« rief sie ungehalten. »Worauf warten Sie?«

Sie hatte sich gedacht, daß er kommen würde, das war klar. Und sie hatte alles vorbereitet! Das Zimmer war frisch aufgeräumt, und im Kamin war Papier verbrannt worden, wie der kleine Doktor feststellte.

»Nach meiner Tante bin jetzt wohl ich dran?« spottete sie. »Soll ich mich auch ausziehen?«

Er runzelte die Stirn. Wenn sie ihn selbst auf die Idee brachte...

»Gott ja, ich hätte nichts dagegen, Sie zu untersuchen. In diesem Schloß wird so viel von Arsen geredet, daß es interessant sein könnte zu prüfen, ob Sie nicht auch Ihre tägliche kleine Dosis abbekommen...«

Ungeniert, mit herablassender Miene hatte sie sich bereits das Kleid über den Kopf gezogen und entblößte einen prachtvollen Busen, der genauso weiß wie der ihrer Tante, aber viel üppiger war.

»Nur zu!« rief sie. »Soll ich den Rest auch noch ausziehen? Genieren Sie sich nicht, wenn Sie schon dabei sind!«

»Beugen Sie sich vor... Gut... Einatmen... Husten... Und jetzt strecken Sie sich...!«

»Ich sage es Ihnen lieber gleich, ich bin gesund und munter wie ein Hecht im Wasser...«

Wieso ein Hecht? Es war ihm ein Rätsel, weshalb in Roses Vorstellung gerade dieses Tier ein Sinnbild für blühende Gesundheit war.

»Sie haben recht... Sie können sich wieder anziehen... Monsieur Mordaut hat mir erlaubt, die Hausbewohner zu befragen... Wenn Sie erlauben...«

»Ich höre... Ich weiß schon, was Sie mich fragen werden... Da Sie gerade von meiner Tante kommen... Sie hat Ihnen erzählt, daß ich mit dem Hausherrn schlafe, geben Sie es nur zu...«

Von Leben strotzend, ging sie in ihrem Zimmer auf und ab, das das fröhlichste im ganzen Haus war und als einziges bunte Vorhänge an den Fenstern hatte.

»Meine Tante, die Ärmste, hat nichts anderes im

Kopf!... Dieser Gedanke verfolgt sie, weil sie nie verheiratet war und nie einen Liebhaber gehabt hat... Wenn sie von den Leuten aus dem Dorf spricht, dann geht es immer nur um irgendwelche vermeintliche Bettgeschichten... Und jetzt ist sie bestimmt überzeugt, daß ich mich an Sie heranmache oder Sie sich an mich... Sobald ein Mann und eine Frau zusammen sind, denkt sie...«

»Die Art und Weise, wie Hector Sie angesehen hat, läßt jedenfalls vermuten...«

»Der arme Junge! Ja, er macht mir ein bißchen den Hof... Zuerst hat es mich ein wenig erschreckt, weil er ziemlich gewalttätig ist... Aber bald wurde mir klar, daß er es nicht wagen würde, mich auch nur zu küssen...«

Mit einem Blick auf die Asche im Kamin fragte er bedächtig:

»Sie sind nicht verlobt und haben keinen Freund?«

»Alt genug wäre ich ja, meinen Sie nicht?«

»Darf man seinen Namen erfahren?«

»Wenn Sie ihn herausfinden... Sie sind doch hier, um zu suchen, also suchen Sie!... Ich muß jetzt hinuntergehen, heute ist das Kupferzeug dran... Wollen Sie noch bleiben?«

Warum nicht? Warum sollte er bei ihrem zynischen Spiel nicht mitmachen?

»Ja, ich bleibe hier, wenn es Ihnen nichts ausmacht...«

Sie war verärgert, verließ aber das Zimmer, und er hörte sie die Treppe hinuntergehen. Sicher war ihr nicht bekannt, daß man Geschriebenes auch auf verkohltem Papier noch lesen kann. Sie hatte sich nicht die Mühe gemacht, die Asche zu zerstreuen. Unter anderem war ein Briefumschlag aus festerem Papier dabei, der so gut wie unversehrt geblieben war. Auf der Vorderseite war das Wort ...*restante* zu erkennen, was darauf schließen ließ, daß Rose ihre Briefe postlagernd erhielt.

Auf die Rückseite hatte der Absender seine Adresse geschrieben. ...*Infanterieregiment der Kolonialtruppen* war davon übriggeblieben. Und darunter: *Elfenbeinküste.*

Damit war so gut wie sicher, daß Rose einen Verehrer, Liebhaber oder Verlobten hatte, der bei den Kolonialtruppen an der Elfenbeinküste war.

»Ich muß Sie noch mal stören, Monsieur Mordaut, obwohl Sie so mit Ihrem Fotoalbum beschäftigt sind... Wie Sie heute morgen sagten, fühlen Sie sich hin und wieder unwohl... Als Arzt möchte ich das gern genauer überprüfen, vor allem, um sicher zu sein, daß keine schleichende Vergiftung vorliegt...«

Der Schloßherr deutete ein bitteres Lächeln an und zog sich aus, wie vor ihm die beiden Hausangestellten.

»Ich bin schon lange darauf gefaßt, das gleiche Schicksal zu erleiden wie meine Frau und meine Tante«, seufzte er. »Als dann auch noch Solange Duplantet starb...«

Matt ließ er die Arme sinken. Er war robuster gebaut, als man dachte, wenn man ihn in Kleidern sah, und er hatte einen überdurchschnittlich kräftigen, dicht behaarten Oberkörper. Wie bei allen, die sich ständig in geschlossenen Räumen aufhalten, war seine Haut sehr bleich.

»Soll ich mich hinlegen? Oder soll ich stehen bleiben? Haben Sie meine Hausangestellten schon abgehört?«

»Den beiden fehlt überhaupt nichts... Aber bei Ihnen... Nicht mehr bewegen... Normal atmen... Beugen Sie sich ein wenig vor...«

Diesmal dauerte die Untersuchung fast eine Stunde, und der kleine Doktor wurde immer ernster.

»Ich möchte nichts behaupten, bevor ich mich nicht mit erfahreneren Kollegen besprochen habe... Doch die Beschwerden, an denen Sie leiden, könnten sehr wohl von einer Arsenvergiftung herrühren...«

»Ich habe es Ihnen doch gesagt!«

Er war nicht empört! Er war auch nicht erschrocken!

»Eine Frage, Monsieur... Warum haben Sie eine Lebensversicherung auf Ernestine abgeschlossen?«

»Hat sie es Ihnen gesagt?... Ganz einfach... Eines Tages kam ein Versicherungsvertreter zu mir. Ein gewiefter Kerl, der ausgezeichnete Argumente anzuführen wußte... Da wir in diesem Haushalt mehrere seien, so legte er mir dar, und fast alle nicht mehr die jüngsten...

Ich höre noch seine Begründung: ›Einer von Ihnen stirbt unvermeidlich als erster‹, sagte er. ›Es wird traurig sein, gewiß... Aber warum sollte dieser Tod nicht einen Nutzen haben und Ihnen die Restaurierung des Schlosses ermöglichen?... Wenn Sie Ihre ganze Familie versichern...‹«

»Pardon!« unterbrach ihn der kleine Doktor. »Ist Hector auch versichert?«

»Jemanden, der nicht normal ist, versichert die Gesellschaft nicht... Nun, ich habe mich überreden lassen... Und um die Chancen zu erhöhen, habe ich auch Ernestine versichert, trotz ihrer eisernen Gesundheit.«

»Noch eine Frage, Monsieur Mordaut. Haben Sie sich selbst auch versichert?«

Dieser Gedanke schien für Monsieur Mordaut ganz neu zu sein.

»Nein«, sagte er nachdenklich.

»Warum nicht?«

»Ja, warum?... Die Wahrheit ist, daß ich gar nicht auf die Idee gekommen bin... Ich bin eben ein alter Egoist... In meiner Vorstellung war notwendigerweise ich derjenige, der alle überleben würde...«

»Und so ist es ja auch!«

Er senkte den Kopf und meinte zaghaft:

»Wie lange noch?«

Mußte man in ihm eine bedauernswerte Jammergestalt sehen, oder war sein ganzes Verhalten im Gegenteil der Gipfel der Gerissenheit?

Warum hatte er dem kleinen Doktor volle Bewegungsfreiheit gewährt, ohne auch nur zu zögern?

Warum hatte er ihm von den Symptomen erzählt, die er spürte?

War ein Mensch, der imstande war, drei Frauen, darunter seine eigene, zu vergiften, nicht auch imstande, eine nicht tödliche Menge Gift zu schlucken, um seinen Kopf zu retten?

Beim Hinausgehen fiel Jean Dollent ein, was Kommissar Lucas von der Kriminalpolizei zu ihm gesagt hatte: »Es gibt alle möglichen Mörder, junge, alte,

sanftmütige und gewalttätige, fröhliche und traurige...
Und es gibt jede Menge Gründe, jemand umzubringen,
Liebe, Eifersucht, Wut, Neid, Geldgier... Kurzum, es
kommen sämtliche Todsünden in Frage... Giftmörder
aber gehören fast immer der gleichen Sorte an... Was
fällt einem auf, wenn man sich die Liste der Giftmörder
und Giftmörderinnen einmal genauer vornimmt? Es ist
nicht einer dabei, der ein fröhliches Gemüt hat...
Nicht einer von ihnen hat vor dem Verbrechen ein
normales Leben geführt... Immer steckt irgendeine
Leidenschaft dahinter, eine verborgene Leidenschaft,
die so übermächtig ist, daß sie alle anderen Gefühle
beherrscht und den Menschen so hart und grausam
werden läßt, daß er zusieht, wie sein Opfer langsam
und allmählich zugrunde geht... Eine physische Leidenschaft... Allerdings sollte man in diesem Fall besser von einem Laster sprechen, denn Liebe ist das
nicht... Manchmal ist es auch Geiz übelster Art... Es
gibt Giftmörder, die jahrelang wie Bettler auf einem
Strohsack schlafen, in dem sie ein Vermögen versteckt
haben...«

Eine Stunde war vergangen. Niedergeschlagen und
von einer Art Widerwillen erfüllt, den er nur wegen
seiner Neugierde ertrug, streifte der kleine Doktor
durch das Schloß und durch den Park, wo die Hunde
ihn nun in Frieden ließen.

Am Gittertor angelangt, überlegte er, ob er nicht bis
zum Dorf gehen sollte, um für eine Weile die Umgebung zu wechseln, da hörte er vom Haus her einen
entsetzlichen Schrei.

Er stürzte los, mußte um das halbe Schloß herumlaufen. Unweit der Küche befand sich eine Art Scheune, in der Stroh und landwirtschaftliches Gerät aufbewahrt wurden.

In dieser Scheune lag Hector, tot, mit glasigen Augen und verzerrtem Gesicht. Der kleine Doktor brauchte sich nicht einmal zu bücken, um seine Diagnose zu stellen:

»Arsen, eine sehr hohe Dosis...«

Neben der Leiche im Stroh lag eine braune Flasche mit der Aufschrift ›Jamaica Rum‹.

Monsieur Mordaut wandte sich langsam ab. Seine Augen hatten einen sonderbaren Glanz. Ernestine weinte. Rose, die ein wenig abseits stand, wie jemand, der sich vor Toten fürchtet, hielt den Kopf gesenkt.

3

*Die Schloßbewohner sind anscheinend
gerade noch davongekommen, und
die Polizei nimmt eine Verhaftung vor*

Eine halbe Stunde später wartete man immer noch auf die Polizei, die telefonisch alarmiert worden war. Dem kleinen Doktor stand der kalte Schweiß auf der Stirn, und er fragte sich, was er hier überhaupt noch suchte.

Die Sache mit der Rumflasche hatte er, zumindest teilweise, aufgeklärt.

»Erinnern Sie sich nicht an mein Gespräch mit Monsieur nach dem Mittagessen?« fragte Ernestine. »Sie waren doch dabei! Er fragte mich, was ich zum Abendessen zubereiten wolle... Und ich antwortete:

»Bohnensuppe und Blumenkohl...«

Das stimmte. Der kleine Doktor hatte etwas in dieser Art gehört, aber nicht weiter darauf geachtet.

»Monsieur meinte, das sei nicht genug, da Sie doch mit uns essen, und er bat mich, noch ein Omelett mit Rum zu machen...«

Auch das stimmte!

»Pardon!« rief Dollent. »Woher nehmen Sie den Rum, wenn Sie mal welchen brauchen?«

»Aus dem Wandschrank im Eßzimmer... Dort stehen die Schnapsflaschen und Aperitifs...«

»Haben Sie den Schlüssel?«

»Wenn ich ihn brauche, hole ich ihn mir bei Monsieur...«
»Haben Sie ihn sich auch diesmal geholt?«
»Gleich nachdem Sie mein Zimmer verlassen haben...«
»War die Flasche schon angebrochen?«
»Ja... Aber wir haben schon lange nichts mehr von diesem Rum getrunken!... Vielleicht haben wir letzten Winter ein-, zweimal davon genommen, um Grog zu machen...«
»Was haben Sie danach gemacht?«
»Ich habe Monsieur den Schlüssel zurückgebracht... Danach bin ich in die Küche gegangen, Suppengemüse putzen...«
»Wo haben Sie den Rum hingestellt?«
»Auf den Kaminsims... Ich brauchte ihn ja erst für das Omelett...«
»Ist niemand in die Küche gekommen?... Haben Sie vielleicht Monsieur Hector herumlungern sehen?«
»Nein...«
»Und Sie haben die Küche nicht verlassen?«
»Nur für ein paar Minuten, um die Hunde zu füttern...«
»War der Rum noch da, als Sie zurückkamen?«
»Darauf habe ich nicht geachtet...«
»Hatte Hector die Angewohnheit, Getränke zu stibitzen?«
»Das kam schon mal vor... Und nicht nur Getränke!... Er war ein Vielfraß... Er klaute, was er fand, und verkroch sich wie ein junger Hund in seine Ecke, um es dort zu essen...«

Was wäre wohl geschehen, wenn Hector nicht...

Ernestine hätte das Omelett zubereitet... Hätte jemand bemerkt, daß es sonderbar schmeckte? Oder hätte man den bitteren Geschmack nicht auf den Rum geschoben?

Wer hätte das Omelett abgelehnt und nichts davon gegessen?

Von diesem Omelett, das in der Küche zubereitet und von Rose serviert worden wäre...

Während Monsieur Mordaut, Hector und der kleine Doktor im Speisesaal gesessen hätten...

An diesem Abend fiel im Schloß das Essen aus. Die Polizei war immer noch am Tatort, und zwei Gendarmen standen am Gittertor und hielten mit Mühe die Leute aus dem Dorf in Schach, die laute Drohrufe ausstießen. Auch die Polizei aus Orléans und die Staatsanwaltschaft waren gekommen. Alle Zimmer im Schloß waren hell erleuchtet, was wohl lange nicht mehr vorgekommen war, und so gewann es ein wenig von seinem alten Glanz zurück.

Alles wurde durchwühlt. Zornig rissen die Polizisten Schubkästen heraus und stießen Möbel um, denn die Empörung war auf dem Höhepunkt angelangt.

Im schäbigen Salon bemühte sich Monsieur Mordaut leichenblaß und mit finsterem Blick, die Fragen der Untersuchungsbeamten zu verstehen, die alle durcheinander redeten und kein Hehl daraus machten, daß sie ihn am liebsten zusammengeschlagen hätten.

Als die Tür aufging und er herauskam, war er mit Handschellen gefesselt. Man brachte ihn in eins der Nebenzimmer und schloß ihn mit zwei Bewachern ein.

Nicht ohne Unmut hatte der Untersuchungsrichter aus Orléans bemerkt, daß der kleine Doktor bereits am Tatort war und sich gewissermaßen häuslich niedergelassen hatte.

»Verbrechen aufzuklären genügt Ihnen wohl nicht!« meinte er sarkastisch. »Jetzt sind Sie schon da, bevor sie geschehen!«

»Dieses hier habe ich, glaube ich, sogar verursacht...«

»Wie bitte?«

»Diesen Unglücksfall, besser gesagt... Denn ohne jeden Zweifel ist das, was heute passiert ist, ein Unglücksfall... Niemand konnte voraussehen, daß Hector, der nur seinen Launen folgte, in Ernestines Abwesenheit zufällig in die Küche kommen und sich die Rumflasche schnappen würde...«

Der Richter sah ihn verdutzt an.

»Aber... dann... hätten Sie ja gute Aussichten gehabt, auch noch dranzukommen...«

»Das halte ich für unwahrscheinlich...«

»Wieso?«

»Kann sein, daß ich mich irre, dann bitte ich um Entschuldigung... Aber ich bin ziemlich sicher, daß meine Erklärung schlüssig ist... Nehmen Sie mal an, das Omelett wäre auf den Tisch gekommen. Jeder hätte davon gegessen, bis auf den Mörder, nicht wahr? Sofern man nicht annimmt, daß er Selbstmord begehen und alle im Haus, auch mich, mit ins Grab nehmen wollte. Im allgemeinen aber sind Mörder dieser Art Feiglinge... Aber kommen wir auf meine Überlegung zurück... Alle wären gestorben, bis auf den Mörder...

Halten Sie es nicht für unwahrscheinlich, daß jemand, dem in zehn Jahren drei Morde geglückt sind, sich so töricht verhält? Er hätte sich damit doch verraten! Es wäre einem Geständnis gleichgekommen!«

Der Richter war perplex.

»Ihrer Meinung nach war es also ein Unfall?« fragte er nachdenklich.

»Es ist schwer zu erklären, ich weiß, trotzdem glaube ich, daß es der Mörder *heute* nicht auf den jungen Hector abgesehen hatte... Ich glaube, heute sollte überhaupt niemand sterben... Ich glaube, für den Mörder ist das, was passiert ist, eine echte Katastrophe... Ich will deshalb versuchen, die Ereignisse von heute nachmittag Minute für Minute zu rekonstruieren...«

## 4

*Der kleine Doktor hat nichts
als ›handfeste Anhaltspunkte‹,
um eine Lösung zu finden*

»Eine solide Basis, dann gelangt man automatisch zur Wahrheit, wenn man nicht vom Weg abkommt und nicht lockerläßt...«

Wie oft hatte er diesen Satz schon gesagt!

Wäre er bei der Kriminalpolizei, würden ihn seine Kollegen bestimmt Herr Anhaltspunkt nennen!

Oder auch Herr In-die-Haut, wegen eines anderen Lieblingsspruchs von ihm:

»Man muß sich in die Haut der Leute versetzen...«

Diesmal jedoch widerstrebte es ihm, sich in die Haut der Bewohner dieses Schlosses mit den roten Hunden zu versetzen, die auf Anordnung der Polizei eingesperrt worden waren und ununterbrochen kläfften.

Kommen wir jetzt zu den ›handfesten Anhaltspunkten‹:

1. Monsieur Mordaut hat den kleinen Doktor bei seinen Ermittlungen in keiner Weise behindert und darauf bestanden, ihn bei sich zu behalten;

2. Ernestine war kräftig und kerngesund und hatte vor, wie ihre Großmutter hundertzwei Jahre alt zu werden. Dafür tat sie alles, und sie litt unter dem Wahn, eine schlimme Krankheit zu haben;

3. Ernestine behauptet, ihre Nichte sei nicht die Geliebte von Monsieur Mordaut;

4. Auch Rose war »gesund wie ein Hecht« und hatte einen Liebhaber oder Verlobten bei den Kolonialtruppen;

5. Rose behauptet ebenfalls, nicht die Geliebte des Hausherrn zu sein;

6. Monsieur Mordaut zeigt Anzeichen einer langsamen Arsenvergiftung;

7. Ernestine hat wie zwei der drei verstorbenen Frauen eine Lebensversicherung zugunsten des Schloßherrn.

»Möchten Sie, daß ich Ihnen sage, was ich wirklich denke?« Jetzt war Ernestine an der Reihe, den Ermittlungsbeamten im schlecht beleuchteten Salon Rede und Antwort zu stehen.

»Der Doktor, der hier im Haus ist, kann Ihnen bestätigen, daß ich nicht gern schlecht über die Leute rede... Erst heute nachmittag hat er mich ausgefragt, und ich wollte nicht boshaft sein. Zumal ich keinen Beweis habe. Das ändert aber nichts daran, daß nur einer von uns vier die armen Damen vergiftet haben kann... Monsieur Hector zählt nicht mehr mit, er ist tot... Also bleiben nur noch drei übrig... Also ich meine, daß Monsieur sozusagen durchgedreht hat... Als er merkte, daß man ihn schnappen würde, zog er es vor, Schluß zu machen... Aber da er ein böser Mensch ist und nichts so macht wie andere Leute, wollte er, daß von seinem ganzen Haushalt niemand übrigbleibt... Ohne Monsieur Hector, den Ärmsten, der den Rum getrunken hat, wären wir jetzt allesamt tot, auch der Doktor...«

Bei diesem Gedanken lief Dollent jedesmal ein kalter Schauer den Rücken hinunter. Wenn man sich vorstellte, daß dieses Haus am nächsten Tag nur noch von Toten bevölkert gewesen wäre... Noch dazu hätte man sie gar nicht sofort entdeckt, denn seit langem klingelte niemand mehr am Schloßtor... Wer weiß, ob nicht die ausgehungerten Hunde...

»Und Sie haben nichts zu sagen?« fragte der Untersuchungsrichter Rose, die auf den Fußboden starrte.

»Nein.«

»Ist Ihnen nichts sonderbar vorgekommen?«

Sie schielte zum kleinen Doktor hinüber und zögerte. Was hatte das zu bedeuten? Was für ein Geständnis lag ihr auf der Zunge?

»Wenn jemandem hier im Schloß irgendwas sonderbar vorgekommen sein muß, dann dem Doktor...«

Wenn jemandem etwas sonderbar...

Wenn jemandem...

Dollent war puterrot geworden. Worauf spielte sie nur an? Wie konnte sie wissen, daß er...

»Äußern Sie sich genauer«, sagte der Staatsanwalt.

»Ich weiß gar nichts... Ich wollte nur sagen, daß der Doktor, der ja von der Sache etwas versteht, sich gründlich umgesehen hat... Wenn ihm nichts aufgefallen ist, dann...«

Sie vollendete den Satz nicht.

»Dann?«

»Nichts... Ich dachte nur, wenn man sich die Mühe macht, alle abzuhören...«

Aber ja! Alle Wetter, sie hatte recht! Wieso war er nicht früher darauf gekommen?

»Herr Richter«, stammelte er und ging zur Tür, »ich möchte Sie einen Augenblick unter vier Augen sprechen...«

Und draußen auf dem ebenso schlecht beleuchteten Flur:

»Ich nehme an... Sie sind hoffentlich dazu berechtigt... Wenn ein Kommissar gleich losfährt, könnte er noch rechtzeitig dortsein...«

Seine Arbeit war getan. Es hatte geklickt. Wie immer war es ganz plötzlich gekommen.

Einzelne Puzzleteile... Kleine helle Punkte im Nebel...

Und mit einem Mal...

Jetzt wußte er auch, warum er so lange gebraucht hatte! Weil er sich in diesem Giftschloß nicht getraut hatte, etwas zu trinken, um einen klaren Kopf zu bekommen!

## 5

*Meditation für zwei Stimmen
bei Hase mit Morcheln, begleitet von
einem spritzigen Weißwein*

Die beiden Herren, der kleine Doktor und der Untersuchungsrichter, sahen keine andere Möglichkeit, der allgemeinen Neugier zu entgehen, als sich im Gasthof in den Hochzeits- und Festsaal im ersten Stock hinaufführen zu lassen. Nach einem Omelett – nicht mit Rum, sondern mit frischen Kräutern – war ihnen Hase mit Morcheln serviert worden. Sie langten mit Genuß zu, während bald der eine, bald der andere das Wort ergriff, und bald der eine, bald der andere, am häufigsten aber der kleine Doktor, sein Weinglas erhob und leer trank.

»Solange wir die Antwort des Notars nicht haben, gehört alles, was ich Ihnen sagen kann, ins Reich der Hypothesen. Und der Justiz, die Sie ja vertreten, sind Hypothesen ein Greuel ... Vielleicht irrt sie deswegen so häufig!«

»Ich protestiere und ...«

»Trinken Sie ... Worüber haben Sie sich bei Ihren Verhören am meisten gewundert? ... Über nichts! Noch ein paar Pilze? ... Dann eben nicht! Sie schmekken köstlich! Nun, mich hat gewundert, daß jemand, der für alle eine Lebensversicherung abschließt, selbst nicht versichert ist... Nehmen Sie mal an, dieser Mann ist ein Mörder... Nehmen Sie an, er hat es darauf abgesehen, diese Versicherungen zu kassieren... Was wird er tun, um sich zu tarnen? Doch vor allem sich selbst versichern, damit die Sache glaubwürdig erscheint...«

»Mörder, lieber Doktor, sind fast immer Dummköpfe, das haben Sie selbst oft genug gesagt.«

»Aber komplizierte Dummköpfe! Dummköpfe, die nicht eine, sondern zehn Vorsichtsmaßnahmen treffen! Und oft sind es gerade diese Vorsichtsmaßnahmen, die zu ihrer Festnahme führen...

Monsieur Mordaut besitzt also keine Lebensversicherung... Seit einiger Zeit hat er keine Angehörigen mehr... Und seit einiger Zeit leidet er an den gleichen Vergiftungserscheinungen wie die anderen Opfer vor ihm... Die Frage ist: Wer erbt bei seinem Tod sein Vermögen? Deshalb habe ich Sie gebeten, einen Kommissar zu dem Notar zu schicken, der...«

Der Wirt schaute herein, um zu fragen, wie ihnen der Hase schmecke, und um ihnen einen würzigen Käse aus der Gegend von Orléans anzubieten.

»Hören Sie gut zu, Herr Richter... Die Person, die Monsieur Mordaut beerbt, muß fast zwangsläufig der Mörder sein...

Emilie Duplantet stirbt... Wer profitiert offensichtlich davon?... Mordaut... Sollte es eine Untersuchung geben, wird man ihn anklagen... Wer aber profitiert im andern Fall davon, wenn nicht derjenige, der Mordaut beerbt?

Als nächstes stirbt seine Frau... Sie war also am

ersten Verbrechen unschuldig... Sie war lediglich Teil der Serie...

Der Gewinn erhöht sich... Es ist so ähnlich wie das, was Spieler einen Jackpot nennen... Nur wird in diesem Fall auf den Tod gesetzt...

Solange Duplantet zieht im Schloß ein... Ihr Onkel ist ihr Erbe... Auch mit ihrem Tod wächst das Vermögen... Und sie stirbt...«

»Klingt unglaublich!« seufzte der Untersuchungsrichter, der sich an dem sahnigen Käse gütlich tat.

»Für Leute, die keine Verbrecher sind, ist jedes Verbrechen unglaublich... Wo waren wir stehengeblieben?... Wer erbt bis jetzt?... Mordaut... Nach ihm sein Sohn. Und nach seinem Sohn?...«

»Das erfahren wir erst aus dem Testament...«

»In der Zwischenzeit muß ich noch einen Punkt klären... Der Mörder mußte notwendigerweise einen größeren Arsenvorrat im Haus haben... Da komme ich und mache mich voller Eifer an die Untersuchung des Falles...«

»Ich bin ganz Ohr...«

»Und ich am Überlegen... Ganz zufällig spricht Mordaut beim Mittagessen von einem Omelett mit Rum... Gibt es eine bessere Möglichkeit, den Verdacht auf ihn zu lenken, als den Rum zu vergiften? Selbst auf die Gefahr hin, daß er dann komisch schmeckt... Denn der Rum wäre gar nicht für das Omelett verwendet worden... Warum, habe ich ja schon gesagt... Der Besitzer des Arsens ist es auf diese Weise losgeworden...

Wenn nun obendrein Hector, gierig wie er ist, die

Angewohnheit hat, sich in der Küche herumzutreiben, und möglicherweise...

Glauben Sie mir, Herr Richter... Die Person, die alle diese Morde begangen hat...«

»Wer ist es?«

»Warten Sie ab... Soll ich Ihnen sagen, wer meiner Meinung nach Mordauts Erbe ist?... Rose...«

»Also hat sie...«

»Nicht so voreilig... Lassen Sie mich die Sache noch etwas weiter spinnen, wenn ich so sagen darf, bis Ihr Kommissar zurückkommt und uns Genaueres sagt... Wissen Sie, woran Rose mich vorhin erinnert hat... Ich hätte alle abgehört, sagte sie und fragte mich, ob mir denn nichts aufgefallen sei...

Doch! Ich habe eine medizinische Beobachtung gemacht... Daß Ernestine nämlich keineswegs das ist, was man eine alte Jungfer nennt; alles an ihr läßt darauf schließen, daß sie eine Frau im vollen Sinne des Wortes ist...

Ich würde schwören, daß Mordaut als junger Bursche sie zu seiner Geliebten gemacht hat... Die Leidenschaft hat ihn ganz und gar gepackt, wie das oft vorkommt bei Leuten, die kein gesellschaftliches oder vielmehr nach außen hin *kein* Leben haben... Er lebte nur für den Sex...

Die Jahre vergingen... Er heiratet, um seine Angelegenheiten einigermaßen in Ordnung zu bringen, und Ernestine wehrt sich nicht dagegen...

Aber sie bringt seine Frau langsam und allmählich um, so wie sie zuvor die Tante umgebracht hat, deren Tod bares Geld einbrachte...

Denn sie war mehr als Mordauts Frau... Sie war seine Erbin... Sie wußte, daß alles, was er besaß, eines Tages ihr gehören würde...

Ich möchte schwören, daß die Idee zu diesen Lebensversicherungen von ihr stammt und nicht von irgendeinem Versicherungsvertreter...

Und sie hatte den genialen Einfall, auch auf ihren Namen eine abschließen zu lassen, damit es aussah, als könne auch sie eines Tages zu den Opfern zählen...

Das verstehen Sie nicht, Herr Richter? Sie leben halt nicht auf dem Land wie ich und wissen nicht, was für langfristige Pläne manche Leute haben...

Sie wird steinalt werden... Was macht es da aus, wenn sie zwanzig, dreißig Jahre mit Mordaut vergeudet... Danach wird sie frei sein und reich, sie wird das Haus ihrer Träume haben und so lange leben wie ihre Großmutter...

Deshalb hat sie solche Angst, krank zu werden... Sie will nicht, daß die ganze Arbeit umsonst gewesen ist...

Aber der Braten mußte erst fett genug sein...

Emilie Duplantet, Madame Mordaut, Solange Duplantet... Was riskierte sie? Auf sie fiel kein Verdacht, denn sie war ja nicht die offenkundige Nutznießerin dieser Morde... Niemand weiß, daß sie ihrem Geliebten ein Testament abgerungen hat, in dem er sie, falls keine direkten Nachkommen vorhanden sind, als Alleinerbin eingesetzt hat.

Sie mordet ohne Risiko...

Schlimmstenfalls wird er verhaftet und kommt ins Gefängnis...

Erst als sie den Einfluß ihrer Nichte spürt, die sie selbst ins Haus gebracht hat, wird sie unruhig...

Denn Rose ist jünger und frischer... Und Mordaut...«

»Das ist ja widerlich!« fiel ihm der Richter ins Wort.

»So ist das Leben, leider Gottes! Seine Leidenschaft für Ernestine geht über auf deren Nichte... Rose hat einen Verlobten oder Liebhaber? Und wenn schon! Sie wird eben ein paar Jahre warten. Sie ist ähnlich veranlagt wie ihre Tante. Sie wird auf die Erbschaft warten, die der Schloßherr ihr in Aussicht stellt... Sie hat es nicht nötig zu töten. Schöpft sie Verdacht, was die Morde betrifft?... Sie braucht sie nur zu ignorieren. Sie allein profitiert ja davon, denn...«

»Das hat lange gedauert, Herr Richter«, seufzte der Kommissar, der nicht zu Abend gegessen hatte und nach den Resten der Mahlzeit schielte. »Alleinerbin von Monsieur Mordaut ist, bis auf das, was der Sohn bekommt, Mademoiselle Rose Saupiquet...«

Die Augen des kleinen Doktors funkelten.

»Ist kein anderes Testament vorhanden?« fragte der Richter.

»Vor diesem gab es ein anderes... Die Erbin war Mademoiselle Ernestine Saupiquet... Dieses Testament ist vor fast acht Jahren geändert worden...«

»Wußte Mademoiselle Ernestine davon?«

»Nein... Die Änderung ist heimlich vorgenommen worden...«

Der kleine Doktor grinste... Er hatte allerdings auch mehr als eine Flasche Weißwein getrunken, der so trocken war, daß er ein wenig nach Feuerstein schmeckte.

»Nun, Herr Richter? Ist der Groschen gefallen? Ernestine wußte nichts von dem neuen Testament... Sie war sich sicher, daß sie eines Tages von ihren Verbrechen profitieren würde... Mordaut selbst durfte erst umgebracht werden, wenn sich genügend angesammelt hatte...«

»Und Rose?«

»Rechtlich gesehen ist sie gewiß nicht mitschuldig... Ich frage mich jedoch, ob sie vom Plan ihrer Tante nicht etwas ahnte... Was war einfacher für sie, als diese machen zu lassen, denn in Wirklichkeit würde es eines Tages ja ihr und ihrem Freund von den Kolonialtruppen zugute kommen...

Denken Sie nach, Richterchen...«

Er wurde vertraulich, wie immer, wenn er getrunken hatte.

»Gier und Selbstsucht... Zwei Frauen, die zu allem fähig sind, wenn es um das große Geld geht... Und er, der Trottel, der Unglücksrabe mit seinen Leidenschaften, der nicht verzichten kann auf gefügige Frauen und nicht mehr weiß, wo ihm der Kopf steht, hin und her gerissen zwischen den zweien, die ihn letztlich beide zu ihrem Sklaven machen...

Geben Sie zu, es gibt Menschen wie diesen Mordaut, die prädestiniert sind, Verbrecher in Versuchung zu führen...«

Man hatte eine neue Flasche Wein auf den Tisch gestellt, für den Kommissar gewissermaßen. Wer sich als erster bediente, war der kleine Doktor, der anerkennend mit der Zunge schnalzte.

»Wissen Sie, wann ich den Braten gerochen habe?« fragte er dann. »Als Ernestine sich für die Tugendhaftigkeit ihrer Nichte verbürgte... Denn daran zu zweifeln hätte bedeutet, auch an Mordauts Tugendhaftigkeit zu zweifeln... Und wenn ich an dieser zweifelte, mußte mir unweigerlich der Verdacht kommen... Wir unterbrechen sie mitten in der Arbeit... Hector ist außer der Reihe getötet worden, weil sie das Gift loswerden und Mordaut hineinziehen wollte, der in meiner Gegenwart Omelett mit Rum bestellt hatte...

Blieb noch Rose übrig...

Dann Mordaut...

Und dann das hübsche, helle Häuschen auf dem Land und vierzig Jahre lang das Leben, vom dem sie träumte...«

Der kleine Doktor schenkte sich erneut ein und schloß:

»Denn es gibt noch Leute, Herr Richter, vor allem in der Provinz, die langfristige Träume hegen... Deshalb wollen sie unbedingt so alt werden!«

*Der Pantoffelliebhaber*

I

*Von einem, der ständig Pantoffeln
kauft, und einem anderen, der sich für
die Spielwarenabteilung interessiert*

Er kam jeden Tag gegen Viertel nach sechs und streifte dann schmerbäuchig und mit Schweißperlen auf der Stirn, die er sich mit einem bunten Taschentuch abwischte, ein erstes Mal durch die Abteilung.

Es handelte sich um eines der Warenhäuser in der Nähe der Oper. Um diese Zeit strömte eine Flut von Menschen über die Gehsteige, während sich auf der Straße eine breite Autofront nur langsam vorwärtsquälte.

Unentwegt fuhren die Aufzüge in dem Warenhaus auf und ab; alle hasteten durcheinander, rempelten sich an und wollten noch vor Geschäftsschluß bedient werden.

Nur einer, der aussah wie ein kleiner Rentner, blieb gelassen. Er ließ sich von der allgemeinen Hektik nicht anstecken und tat so, als wüßte er nicht, daß das Geschäft um halb sieben schloß.

Die Schuhabteilung lag nicht weit vom Ausgang C entfernt. Als er Platz nahm, seufzte Gaby, die Verkäuferin, resigniert.

»Was darf es heute sein?« fragte sie, um geschäftsmäßige Höflichkeit bemüht.

Eigentlich war es an der Zeit, sich vor dem Spiegel zurechtzumachen und nicht einen Verrückten Pantoffeln anprobieren zu lassen.

»Ich hätte gerne ein weiches Modell in Gelbbraun.«

»Also wie gestern?«

»Nein... Die von gestern haben eine zu dicke Sohle...«

Das ging nun schon eine ganze Woche so, und jeden Tag spielte sich dasselbe ab: Wie ein schüchterner Verehrer schaute der Kunde Gaby von unten her an, und während sie dann Schachteln herbeischleppte, zog er sich den linken Schuh aus.

»Gefällt Ihnen dieses Modell?«

»Etwas zu hell... Haben Sie vielleicht noch dunklere?...«

Und Gaby wußte so gut wie ihre Kolleginnen, daß das bis zur letzten Minute so weiterginge. Zehn, zwanzig Paar Hausschuhe würde er anprobieren, sich endlich, wenn die Klingel ertönte, zu einem Modell entschließen und mit der Schachtel unterm Arm auf die Kasse zusteuern.

Um ihn abzuwimmeln, hatte Gaby es sogar mit einem Trick versucht. Sie hatte ihre Kollegin Antoinette von der Lederwarenabteilung beauftragt, wenn der Pantoffelkäufer wieder käme, bei ihr vorbeizusehen und laut und vernehmlich zu sagen:

»Achtung, dein Verlobter kommt!«

Von sich aus hatte Antoinette dann noch hinzugefügt:

»Ist er immer noch so eifersüchtig?«

Doch der Mann hatte nicht mit der Wimper gezuckt,

blieb unverändert ruhig, geduldig – die Sanftmut in Person.

Auch ein anderer, noch überler Trick war erfolglos geblieben: Gaby war sogar so weit gegangen, ihn mit Hilfe eines Schuhlöffels in viel zu kleine Hausschuhe hineinzuquetschen. Aber auch da hatte er nur das Gesicht verzogen.

Ob er wohl nun weiterhin wochen-, monate-, Gott weiß vielleicht sogar jahrelang jeden Tag daherkommen und ein Paar Pantoffeln kaufen würde – und das immer wenige Minuten vor Geschäftsschluß?

Gaby standen Tränen in den Augen. Sie betrachtete den Platz, auf dem ihr Verehrer gewöhnlich saß, und sagte zum kleinen Doktor:

»Es war vorgestern... Ich wußte nicht mehr, welche Hausschuhe ich ihm noch anbieten sollte... Außerdem wartete eine ungeduldige Kundin mit einem kleinen Jungen auf mich... Ich bückte mich, um ein paar Schachteln unter dem Ladentisch hervorzuholen... Ohne aufzuschauen griff ich einfach nach dem Fuß des Kunden... In der anderen Hand hielt ich einen blauen Pantoffel...

Ich weiß auch nicht, warum ich plötzlich so ein komisches Gefühl hatte. Ich schaute hoch. Erst dachte ich, er sei eingeschlafen, weil ihm sein Kinn auf die Brust gesunken war... Als ich ihn daraufhin leicht anschubste, wäre er beinahe auf mich draufgefallen...

Er war in sich zusammengesunken und schwer wie ein Sandsack... Ich habe geschrien... Leute kamen herbeigelaufen... Der Hausdetektiv rief:

›Luft! Frische Luft!... Das ist bestimmt ein Herzanfall...‹

So etwas kommt bei uns nämlich hin und wieder vor...

Aber das war es gar nicht! Als man ihm Kragen und Krawatte öffnete, entdeckte man Blut auf seinem Hemd und stellte fest, daß er eine Kugel in die Brust abbekommen hatte...

Hier, ja hier, Monsieur!... Mitten im Kaufhaus!... Mitten unter den ganzen Leuten!... Und keiner hat etwas gehört!

Er war schon tot, als ich ihm einen Hausschuh anzuziehen versuchte! Der Gedanke daran macht mich ganz krank – ich habe sogar um Versetzung in eine andere Abteilung gebeten... Immer wenn ich diesen Stuhl hier sehe...«

Als der kleine Doktor am selben Morgen in Paris eingetroffen war, hatte Kommissar Lucas bereits erste Ermittlungen aufgenommen. Er hatte Dr. Dollent in die Spielwarenabteilung im zweiten Stock des Kaufhauses geführt.

Die Abteilung grenzte unmittelbar an die Balustrade. Von dort aus konnte man einen Teil des Erdgeschosses überblicken, unter anderem auch die Schuhabteilung.

»Von hier aus wurde der Schuß abgegeben. Sehen Sie da unten den Stuhl, auf dem das Opfer saß? Der Mörder stand hier an dieser Stelle... Ich habe alle Verkäufer vernommen... Sie können sich an einen noch recht jungen Mann erinnern, der ziemlich lange um die Abteilung herumgestrichen ist... Einer der Verkäufer hat ihn gefragt, ob er etwas wünsche, worauf dieser nur geantwortet hat:

›Ich warte auf meine Frau...‹

Es war so gegen Viertel nach sechs. Der Unbekannte schien sich für die Spielzeugpistolen zu interessieren. Er hat verschiedene Modelle des Typs Heureka in die Hand genommen...

Ist Ihnen jetzt klar, wie das Verbrechen begangen wurde?... Der Täter muß in seiner Tasche, vielleicht auch in einem Päckchen oder in einem Aktenkoffer, eine Luftpistole gehabt haben – auf jeden Fall eine Schußwaffe von hoher Präzision –, die möglicherweise mit einem Schalldämpfer ausgerüstet war...

Um jemanden aus dieser Entfernung zu töten, dafür reicht selbst ein großkalibriger Revolver nicht aus... Ein Gewehr wäre unhandlich gewesen... Aber es gibt Pistolen, mit denen man selbst aus fünfzig Meter Entfernung und mehr töten kann...

Scheinheilig nimmt der Mörder das Spielzeug in die Hand... Das ist in dieser Abteilung ganz natürlich. Er tut so, als legte er an, und kein Mensch denkt sich etwas dabei.

Die Klingel, die bei Geschäftsschluß ertönt, ist schrill... Zu diesem Zeitpunkt ist der Lärm im Kaufhaus am größten... Da hört keiner den leisen Knall einer Luftpistole oder eines schallgedämpften Revolvers...

Die Direktion ist außer sich... Sie will, daß alles Denkbare unternommen wird, damit man den Schuldigen faßt... Deshalb hat sie uns auch gefragt, ob wir nicht einen Privatdetektiv kennen, der seine Ermittlungen parallel zu denen der Kriminalpolizei führen könnte...

Ich habe daraufhin Ihre Adresse angegeben... Sie sehen, Doktor, ich gönne es Ihnen. Viel Erfolg!«

Der Direktor war noch jung... Nervös und mit großen Schritten ging er in seinem Büro auf und ab; dabei blickte er hin und wieder unsicher zu Jean Dollent herüber, der einen eher einfältigen Eindruck machte. Weshalb konnte sich der kleine Doktor, um Vertrauen zu erwecken, nicht endlich dazu durchringen, sich irgendeine besondere Eigenart zuzulegen, einen Tick, eine verrückte Angewohnheit – ein Monokel zu tragen etwa oder eine außergewöhnliche Zigarettenmarke zu rauchen? Sah er denn nicht immer noch fast aus wie ein Student, mit seinen dreißig Jahren und den ewig zu engen Kleidern?

»Hören Sie... Die Polizei ist offenbar der Meinung, daß der Mord von einem Berufsverbrecher begangen wurde... Ich kann das nur hoffen. Allerdings leuchtet mir nicht ganz ein, wieso sich ein Berufsverbrecher über diesen armen Kerl hergemacht haben soll, der doch allem Anschein nach verrückt war.

Das wäre für mich das Schlimmste, wenn wir es hier mit einem Verrückten zu tun hätten... Sie wissen ja sicherlich, daß Warenhäuser, ebenso wie Zeitungsredaktionen und bestimmte öffentliche Gebäude, arme Irre anziehen wie die Fliegen.

Angenommen, es ist so, und es ist tatsächlich ein Verrückter, der von der Spielwarenabteilung aus geschossen hat, so ist so gut wie sicher, daß er dieselbe

Tat wieder begehen wird... Verrückte sind oft Serientäter...

Auch wenn wir alle möglichen Vorsichtsmaßnahmen ergreifen, können wir nicht ausschließen, daß sich eine solche Tat wiederholt...

Schon die Berichterstattung in den Zeitungen über den Vorfall hat uns eindeutig geschadet... Gestern wurde in der Schuhabteilung und in den Abteilungen daneben so gut wie nichts verkauft. Nur ein paar Neugierige kamen vorbei, und auch die trauten sich nicht allzu nahe heran...

Nehmen Sie also Ihre Ermittlungen auf... Ich habe keine Ahnung, wie Sie vorgehen... Man behauptet ja, Sie hätten keine festen Methoden... Hier ist ein Ausweis. Damit können Sie sich hier völlig frei bewegen und Angehörige des Personals befragen...

Bleibt mir nur noch, Sie mit Mademoiselle Alice von der Schmuckabteilung bekannt zu machen... Sie hat mir gegenüber gestern abend eine Erklärung abgegeben, die sie vor Ihnen wiederholen wird... Aussagen von Frauen traue ich nicht recht... Ihre Phantasie geht oft mit ihnen durch...«

Er drückte auf die Klingel.

»Mademoiselle Alice soll heraufkommen.«

Ein großes, blasses Mädchen erschien, eine von der Sorte, die – wie sich der Direktor ausdrückte – ihre Phantasie gerne schweifen läßt; sie las gewiß zahllose Romane und schwärmte für Filmstars.

»Würden Sie bitte Ihre Aussage vor Monsieur wiederholen.«

Vor lauter Verwirrung war sie ganz redselig.

»Nun... Als ich das Bild in der Zeitung sah... Ich hatte nämlich gerade meinen freien Tag, als das Unglück passierte. Als ich also gestern das Bild dieses armen Kerls in der Zeitung sah, habe ich ihn sofort wiedererkannt... Bevor er nämlich ein Auge auf Gaby geworfen hat, war ich es, die..., die er...«

»Was wollen Sie damit sagen? Hat er sich an Sie rangemacht?«

»Das nicht... Aber mehrere Tage lang... Ich könnte herausfinden, wie viele Tage es genau waren... da ist er zu mir in die Abteilung gekommen...«

»Um Viertel nach sechs?«

»Zwischen fünf und sechs Uhr... Daß Kunden nur unsertwegen kommen, geschieht oft. Wir merken das immer sofort, weil sie nur kleine, unwichtige Dinge kaufen... Sie verstehen schon!... Er kam mit einer Uhrenkette... Einen Karabinerhaken wollte er haben... Nachdem ich ihm etwa ein Dutzend gezeigt hatte, hat er schließlich einen gekauft... Am nächsten Tag ist er dann wiedergekommen... Ohne Karabinerhaken an der Kette... Er sagte mir, er hätte ihn zerbrochen. Aber ich habe ihm das nicht abgenommen, denn es war ein robustes Modell... Er hat lange geknausert, konnte sich nicht entschließen... Dann hat er schließlich noch einen gekauft.«

»Und ist er dann auch am nächsten Tag wiedergekommen? Wieder zur gleichen Zeit?«

»Ja... Vierzehn Tage lang ist er jeden Abend hier erschienen, und jedesmal hat er einen Karabinerhaken bei mir gekauft.«

»Sagen Sie, Mademoiselle Alice, ist Ihnen nie der

Gedanke gekommen, daß er ein Kaufhausdieb sein könnte – wie viele andere ja auch?«

»Doch... Deshalb habe ich ihn auch genau beobachtet... Ich habe sogar den Hausdetektiv gebeten, ihn nicht aus den Augen zu lassen, während ich ihn bediente...«

»Und?«

»Nichts!«

»Noch etwas. Wo befindet sich Ihre Abteilung?«

»Ach so!... In der ersten Etage... Genau über der Schuhabteilung... Und direkt unter der Spielwarenabteilung... Das ist mir gestern, als ich es in der Zeitung las, aufgefallen... Ich habe darum gebeten, vor der Direktion aussagen zu dürfen...«

Als Mademoiselle Alice kurz darauf ging, bemerkte der Direktor:

»Wie ich Ihnen schon sagte, ich habe da meine Vorbehalte, Herr Doktor... Trotzdem habe ich die Aussage an die Polizei weitergegeben und sie gebeten, diskret Erkundigungen über die Verkäuferin einzuholen... Es verschwinden nämlich seit mehreren Wochen immer wieder Wertgegenstände aus ihrer Abteilung...«

»Ist das etwas Ungewöhnliches?«

»Die Diebstahlquote, von der wir ausgehen, ist immer in etwa gleich, mit Ausnahme der Weihnachtszeit, in der die Profis natürlich leichtes Spiel haben... Allerdings sind Wert und Anzahl der Artikel, die in letzter Zeit aus der Schmuckabteilung entwendet wurden, überdurchschnittlich hoch, und...«

Dem kleinen Doktor wurde fast schwindlig, als er

oben aus dem Büro des Direktors herauskam und sich über das gewaltige Kaufhausschiff beugte, das noch mächtiger war als eine Kathedrale und aus dem ihm unaufhörlich ein tausendfaches Stimmengewirr entgegenschlug. Wie sollte der kleine Doktor es bloß anpacken...

Er zuckte die Schultern, stieg in den Aufzug und befand sich kurz darauf in der Rue de la Chaussée-d'Antin, wo er seelenruhig, so wie andere etwa ein Aspirin schlucken, zwei Schnäpse hinunterkippte.

Dann machte er sich auf den Weg in die Rue Notre-Dame-de-Lorette Nummer 67. Er wollte eben bei der Concierge anklopfen, als er durch das Fenster Kommissar Lucas erblickte, der die Frau gerade verhörte.

Man hatte den Toten nämlich identifiziert. Sein Name war Justin Galmet, er war achtundvierzig Jahre alt, ohne Beruf und seit zwanzig Jahren in der Rue Notre-Dame-de-Lorette wohnhaft.

2

*Von den seltsamen Einkäufen
des Pantoffelliebhabers und seiner
ebenso seltsamen Vergangenheit*

»Wollen Sie sie selbst vernehmen?« fragte Lucas, als er ihm die Logentür öffnete. »Sonst könnten wir zusammen nach oben in Galmets Wohnung gehen.«

Es war eine typische Pariser Kleinbürgerwohnung, genauer: des Kleinbürgers vom Montmartre. Das Gebäude war alt, die Farbe an den Wänden dunkel; aus allen Türritzen drang Küchengeruch, Stimmen waren zu hören, Kindergeschrei, plärrende Radios.

Die Wohnung lag im vierten Stock zum Hof hin. Die drei Zimmer waren mit soliden altmodischen Möbeln eingerichtet, am Fenster zwei Geranientöpfe, davor ein Käfig mit einem Kanarienvogel.

»Hier sind wir ungestört«, sagte Lucas. »Die Concierge hat mir bestätigt, daß Justin Galmet niemals Besuch hatte. Er war ein eingefleischter Junggeselle und überdies sehr ordnungsliebend.

Einmal in der Woche kam die Concierge herauf, um, wie sie sagt, ›gründlich‹ zu putzen und aufzuräumen, aber das ist wohl übertrieben...

Ansonsten machte Justin Galmet sein Bett selbst, richtete sich sein Frühstück und sein Mittagessen, verließ dann gegen zwei Uhr nachmittags das Haus und kehrte, fast immer mit Päckchen beladen, gegen neun Uhr zurück...

Das Abendessen nahm er immer in einem Restaurant an der Ecke Rue Lepic ein; ich habe bereits angerufen, er ist dort bekannt, hatte seinen festen Platz am Fenster... Er war ein Feinschmecker, bestellte gerne ausgefallene Leckereien... Er ließ sich Zeit zum Essen, las die Abendblätter, trank in aller Ruhe seinen Kaffee und danach noch ein Schnäpschen und ging dann wieder nach Hause...

Die eigentliche Überraschung kommt aber erst...«

Lucas ließ den kleinen Doktor absichtlich ein wenig zappeln.

»Ich habe in unserem Archiv den Namen Justin Galmet gefunden... Nicht als Verbrecher, sondern als Polizeibeamter ist er dort registriert... Vor fünfundzwanzig Jahren kam er als Inspektor zu uns... Er blieb vier Jahre, dann hat er um seine Entlassung gebeten mit der Begründung, er hätte eine kleine Erbschaft gemacht und wolle von nun an als Privatier leben...

Ich habe einige von unseren Leuten befragt, die ihn kannten... Er war schon damals sehr verschlossen, ein Einzelgänger... An der Arbeit hatte er nicht das geringste Interesse, er saß viel lieber stundenlang ganz allein irgendwo auf einer sonnigen Terrasse und trank genüßlich ein Bier nach dem andern; schon damals gönnte er sich kleine Leckereien...

Ein eingefleischter Junggeselle also, wie er im Buche steht...

Was meinen Sie, wollen wir uns jetzt die Wohnung einmal genauer ansehen?«

Sie als sauber zu bezeichnen wäre übertrieben gewesen. Aber in Anbetracht der Tatsache, daß der Wohnungsmieter fast alles selbst machte, hätte man mehr Unordnung erwartet. Jean Dollent fütterte zunächst den Kanarienvogel. Durch das offene Fenster bot sich ihm das vertraute Bild der Dächer von Paris, die im goldenen Sonnenlicht schimmerten.

Lucas öffnete inzwischen einen großen alten Kleiderschrank und rief seinen Kollegen zu sich.

»Sehen Sie mal, was hier liegt! Alle seine Einkäufe... Er hat sie noch nicht einmal ausgepackt. Wollen Sie mir dabei helfen?«

Was für eine Überraschung! Nicht nur, daß sich alle sechs Paar Pantoffeln wiederfanden, es kamen auch weitaus verblüffendere Gegenstände zum Vorschein: Steingutteller, Stoffreste aus Kunstseide, Zahnbürsten, Kämme und flaschenweise Haarwasser; ein Päckchen enthielt nichts als Pfeifen, und das, obgleich die Concierge ausgesagt hatte, der Mieter sei Nichtraucher gewesen.

Auf den meisten Gegenständen klebte noch das Preisschild.

»Was halten Sie davon, Doktor?«

»Ich glaube nicht, daß es sich dabei um kleine Diebereien handelt... Erstens hat nichts davon soviel Wert, als daß sich ein Diebstahl lohnte... Und zweitens sind alle Gegenstände, wie ich sehe, sorgfältig in das Papier der jeweiligen Geschäfte eingepackt; bei einigen steckt sogar noch der Kontrollzettel unter dem Bindfaden.«

»Sie glauben also, unser Justin war ein Verrückter,

der in Verkäuferinnen vernarrt war und all diese Dinge nur deshalb gekauft hat, um sich an sie ranzumachen? Das muß ihn auf die Dauer ganz schön was gekostet haben... Allein schon die Hausschuhe machen pro Tag durchschnittlich fünfzig bis sechzig Francs... Und doch lebte unser Freund keineswegs auf großem Fuß... Soll ich Ihnen sagen, was ich glaube? Bilden Sie sich nur ja nichts ein... Ich weiß jetzt, wie Sie arbeiten... Ich weiß, was Sie besser können als wir und umgekehrt... Ich muß zugeben, das hier ist ein Fall für Sie... Hier liegen die Dinge anders als gewöhnlich... Justin Galmet entspricht nicht im geringsten den Opfern, mit denen wir sonst zu tun haben... Was den Mörder betrifft, so erschreckt mich die Kaltblütigkeit seiner Tat, seine Sicherheit...«

Statt sich für das Kompliment zu bedanken, seufzte der kleine Doktor nur.

»Das hört sich ja nicht gerade begeistert an.«

»Das bin ich nie, bevor ich nicht einen ersten handfesten Anhaltspunkt gefunden habe«, antwortete er finster. »Hier kann ich freilich lange suchen...«

»Wenn Sie meine Hilfe brauchen, dann...«

»Mir wäre nur lieb, wenn Sie feststellen ließen, ob Justin Galmet die Geschäfte, aus denen die Artikel stammen, regelmäßig an mehreren Tagen hintereinander aufgesucht und sich dabei jedesmal an dieselbe Verkäuferin gewandt hat...«

Zum Glück hatte der kleine Doktor von Natur aus ein dickes Fell. Es störte ihn herzlich wenig, daß die Verkäuferinnen in den Nachbarabteilungen offensichtlich einen Wink erhalten hatten und ihre Kundschaft vernachlässigten, um ihn von weitem zu beobachten; auch daß sie sich dabei mit dem Ellenbogen anstießen, sich mitunter sogar nur mit Mühe ein lautes Lachen verkneifen konnten, kümmerte ihn nicht.

Der kleine Doktor hatte nämlich vorzüglich zu Mittag gegessen und sich nach dem Kaffee und dem Verdauungsschnäpschen mit Hinblick auf das Abendessen gleich noch einige Aperitifs genehmigt.

Was genau war eigentlich seine Aufgabe? Ein Mann war ums Leben gekommen, von dem kein Mensch auch nur irgend etwas wußte. Eine unscheinbarere und doch geheimnisvollere Gestalt als Justin Galmet gab es nicht.

Kein einziger Freund! Nicht einmal ein Bekannter! Er schien in geradezu olympischer Zurückgezogenheit zu leben!

Und dennoch hatte ihn jemand ermordet. Es mußte also jemanden geben, der Interesse daran gehabt hatte, ihn umzubringen!

Er hatte nur einen einzigen handfesten Anhaltspunkt, wie der kleine Doktor es immer nannte: Regelmäßig kaufte Justin Galmet in verschiedenen Geschäften jeden Tag zur gleichen Zeit bei derselben Verkäuferin irgendeinen beliebigen Gegenstand, mit dem er hinterher nichts anzufangen wußte und den er deshalb unausgepackt in seinem riesigen Kleiderschrank und in den Wandschränken seiner Wohnung verstaute.

Es war Viertel nach sechs. Dollent saß auf demselben Stuhl, auf dem der Ermordete sonst immer gesessen hatte. Er hatte den linken Schuh ausgezogen und zu Gaby, die sich vor lauter Aufregung besonders ungeschickt anstellte, gesagt:

»Tun Sie genau so, als säße er hier...«

»Soll ich Ihnen auch Hausschuhe anprobieren?«

»Ja... Genau so wie bei ihm...«

»Darf ich Ihnen dabei auch weh tun?« fragte sie ängstlich mit einem schüchternen Lächeln.

Er überlegte... Was konnte er von seinem Platz aus überblicken?... Schaute er nach oben, so konnte er einen Teil der Schmuckabteilung im ersten Stock sehen... Alice, die ihn wiedererkannt hatte, trat von Zeit zu Zeit an die Brüstung und schaute zu ihm herunter.

Direkt darüber befanden sich die Spielwaren, darunter auch eine große Schachtel mit zwei Pistolen... Aber sie waren ungefährlich, da man nur Pfeile mit ihnen abschießen konnte!...

Von den oberen Stockwerken sah er, da er nicht weiter nach hinten rücken konnte, nur die goldenen Brüstungen...

»Aha! Musik...«, bemerkte der kleine Doktor und verzog im selben Augenblick das Gesicht, da Gaby ihn in einen viel zu kleinen Hausschuh hineinzwängte.

»Sagen Sie... Läuft hier immer Musik?«

»Sprechen Sie nicht davon! Daran gewöhnt man sich am allerschwersten. Der Plattenspieler läuft von morgens bis abends. Wenn sie wenigstens leise wäre! Jetzt um diese Zeit wird nur noch Marschmusik, möglichst schnelle, gespielt, damit die Kunden sich beeilen... Soll ich weitermachen?«

Erdgeschoß... Vor ihm lag die Abteilung mit den

Sonderangeboten. Er erfuhr, daß die Artikel ständig wechselten... »Das Angebot der Woche« nannte sich das... Links befand sich die Kasse Nummer 89. Gleich dahinter eine golden glänzende Ausgangstür; der Bürgersteig war schwarz von Menschen.

»Warum sind hier mehr Leute als...«

Aber noch bevor er geendet hatte, erkannte er den Eingang einer Metro-Station...

»Ich habe Ihnen jetzt sechs Paar anprobiert.«

»Und ihm?«

»Manchmal sieben... Einmal sogar neun.«

»Wovon hing das ab?«

»Das weiß ich nicht.«

Von den Hausschuhen jedenfalls nicht, da Justin Galmet sie nicht trug, sie nicht einmal auspackte!

Ein Gedanke entlockte ihm ein Lächeln... Er hatte gerade nach unten geschaut... Sollte etwa?... Ach was! Deswegen brachte man doch keinen um!... Außerdem hieße das, das Opfer für reichlich naiv zu halten.

Allerdings, wenn Gaby sich bückte, um ihm die Hausschuhe anzuziehen, klaffte, ohne daß sie es wollte, der Ausschnitt ihrer Bluse ein wenig auseinander, so daß ihr Brustansatz zu sehen war.

Andererseits war Justin, bevor er sich für die Hausschuhe interessierte, immer in die Schmuckabteilung gekommen, und dort hatte es nie einen Anlaß für Alice gegeben, sich zu bücken... Woanders hatte er wieder andere Dinge gekauft...

»Sie müssen sich entscheiden...«, sagte die Verkäuferin plötzlich. »Wir schließen gleich...«

Im selben Moment schrillte eine Klingel durch die riesige Kaufhaushalle und erfüllte sie mit ohrenbetäubendem Lärm. Alles stürzte zu den Ausgängen, während das Verkaufspersonal emsig hin und her lief und livrierte Kaufhauswächter, die wie Hirtenhunde auf und ab hetzten, unablässig wiederholten:

»Beeilung bitte!«

An der Kasse 89 wurden die letzten Einkäufe bezahlt. Dabei legte die Kassiererin für einen Augenblick einen dicken gelben Umschlag aus der Hand, um Geld entgegenzunehmen...

»Nehmen Sie diese hier?«

»Ja, die oder irgendwelche andere...«

Er wollte das Experiment bis zu Ende führen... wollte in die Haut des Opfers schlüpfen...

Die bohrende Frage war: Was genau beobachtete Justin Galmet in den letzten Tagen – er, der ihm nun keine Antwort mehr auf seine Frage geben konnte?

Gaby zog ihm den linken Schuh wieder an und sagte:

»Hier entlang...«

Er wollte gerade fragen, warum sie ihn in die entgegengesetzte Richtung vom Ausgang zerrte, als er auch schon begriff. Die Kassiererin von Nummer 89 trat mit dem gelben Umschlag in der Hand aus der Kabine. Auf dem Schild über der Kasse stand ›Geschlossen‹.

»Hier entlang... Sie müssen zur Hauptkasse...«

Obwohl der kleine Doktor gut sah, konnte er der Verkäuferin nur mit Mühe durch die ihm entgegenströmende Menge folgen.

»Achtunddreißig neunzig.«

Neugierig drehte er sich um. Ihm war, als könne er die Kassiererin von Nummer 89 erkennen, wie sie, noch immer den gelben Umschlag in der Hand, auf einen Aufzug zueilte.

Dann drückte man ihm ein kleines Päckchen in die Hand. Fragend schaute Gaby ihn an. Doch der kleine Doktor zuckte nur mit den Schultern und kramte in seinen Taschen nach den restlichen neunzig Centimes.

»Kommen Sie morgen wieder?« fragte Gaby aufgeregt.

»Ja... Vielleicht...«

Draußen waren ihm die Hausschuhe so lästig, daß er im allgemeinen Gewühl kurzerhand das Paket am Rand des Gehsteigs abstellte.

»Hallo! Sind Sie's, Doktor?... Lucas am Apparat... Wir haben das Bankkonto des Mannes ausfindig gemacht... Es befand sich schlicht und einfach bei der Zweigstelle des Crédit Lyonnais in seinem Wohnviertel... Im allgemeinen zahlte er jede Woche etwa fünfhundert Francs auf sein Konto ein... Daneben gab es in großen Abständen Einzahlungen von mehreren tausend Francs... Aber das kam in zwanzig Jahren nur etwa zehnmal vor... Hallo! Sind Sie noch am Apparat?«

»Sprechen Sie nur weiter.«

»In den letzten drei Monaten sind dann die Einzahlungen merklich gestiegen... Letzte Woche zwanzigtausend Francs. Zwölftausend die Woche davor... Vor vierzehn Tagen waren es sieben- oder achttausend,

tausend, genau hab' ich es nicht im Kopf... In den Monaten davor wöchentlich jeweils vier- bzw. fünftausend Francs...«

»Donnerwetter! Das ist ja ein netter Nebenverdienst!«

»Vor allem sieht man sofort, daß da etwas nicht stimmt... Erst kaum zweihunderttausend Francs in zwanzig Jahren... Denn er hat natürlich Geld abgehoben. Und dann innerhalb von drei Monaten fast hundertfünfzigtausend Francs... Aber das ist noch nicht alles... Bei der Kriminalpolizei meldete sich jemand... Ein Immobilienhändler... Vor etwa zehn Tagen suchte ihn Justin Galmet in seinem Büro am Faubourg Saint-Martin auf und erkundigte sich, ob er nicht irgendein kleines Haus auf dem Lande zu verkaufen hätte, möglichst an der Loire...

Es waren bereits Verhandlungen über ein hübsches Häuschen von zweihunderttausend Francs in der Nähe von Cléry im Gange... Der Vertrag sollte nächste Woche unterzeichnet werden...«

»Hat Justin Galmet das Haus besichtigt?«

»Ja, vergangenen Dienstag. Er ist mit dem Taxi hingefahren... Ein ziemlich hoher Kostenaufwand, wohlgemerkt... Er war in Begleitung einer sehr jungen Frau... Sie besichtigte die Örtlichkeiten, als sollte sie darin wohnen.«

»Die eigentliche Überraschung kommt aber sicher erst?«

»Woher wissen Sie das?«

»Das spielt keine Rolle... Heraus damit! Ist es Gaby?«

»Sie sind nah dran... Aber die Überraschung ist noch viel größer... Eines ist sicher... Als Sie gerade eben mit dem Paket herausgingen, stand ich mit besagtem Immobilienhändler am Personalausgang... Er hat keinen Augenblick gezögert, zumal er bereits von weitem den senffarbenen Mantel wiedererkannt hat.«

»Und?«

»Mademoiselle Alice von der Schmuckabteilung. Hören Sie, Doktor... Ich möchte Ihnen nicht weh tun, ich möchte Sie auch nicht enttäuschen... Aber im Gegensatz zu dem, was ich heute morgen sagte, komme ich immer mehr zu dem Schluß, daß das doch eher eine Angelegenheit für uns ist als für Sie... Diese Alice ist... Sie verstehen schon!... Sie werden sehen, wir haben es hier mit einem Polizeibeamten zu tun, der zum Dieb geworden ist... Hallo!... Warum sagen Sie nichts? Sind Sie beleidigt?«

»Ich...?«

»So sagen Sie doch etwas, zum Donnerwetter! Ich bin noch im Büro. Wollen Sie nach dem Abendessen noch auf ein Glas zu mir kommen?«

»Nein!«

»Sind Sie wütend?«

»Nein!«

Lucas wußte nicht, was er sagen sollte; gutmütig wie er war, fürchtete er, den kleinen Doktor verletzt zu haben.

»Kopf hoch! Das machen Sie ein anderes Mal wieder wett... Wollen Sie etwas Lustiges erleben?... Ich habe für morgen früh um neun Uhr besagte Alice vorgeladen... Ich weiß zwar noch nicht, ob es nötig ist, sie hart anzupacken, aber interessant wird es auf jeden Fall.«

»Gute Nacht.«

»Kommen Sie?«

»Vielleicht! Gute Nacht... Ich bin müde.«

Das stimmte auch. Denn wie jedesmal, wenn sich der kleine Doktor in eine Untersuchung stürzte, hatte er auch diesmal viel zuviel getrunken.

3

*Die Geschichte von Mademoiselle Alice
und ihren kleinen Brüdern,
die so rührend ist, daß Kommissar Lucas
zum Taschentuch greift*

Der Zufall wollte es, daß der kleine Doktor denselben Metro-Wagen bestieg, in dem auch Mademoiselle Alice saß! Es war kurz bevor die Geschäfte und Banken öffneten. Der Wagen war so überfüllt, daß das Mädchen den Doktor nicht sah und dieser sie in aller Ruhe betrachten konnte.

Der kleine Doktor überlegte, was in einer jungen Dame vorgehen mochte, die die Polizei angelogen hat und nun plötzlich zum Quai des Orfèvres zitiert wird.

Das war bestimmt alles andere als angenehm! Im Gegensatz zu ihrer recht quirligen Kollegin Gaby war Alice eher melancholisch und gehörte zu der Sorte Frauen, die zwar auch nicht häßlicher sind als andere – genau besehen war sie sogar recht hübsch –, die das Leben aber schwernehmen und einem auf die Nerven gehen.

An dem Morgen hatte sie gerötete Augen. Es paßte zu ihr, die ganze Nacht durchzuweinen. Entsprechend war ihr Haar zerzaust und ihr Gesicht ungleichmäßig gepudert.

Sie lebte in einer kleinen Wohnung in der Nähe der Rue Lamarck. Hatte sie in der Eile irgendwo unterwegs eine Tasse Kaffee und ein Croissant zu sich genommen?

»Ich werde doch nicht etwa weich«, brummte der kleine Doktor vor sich hin, als er am Pont-Neuf aus der Metro stieg.

Das Wetter war herrlich. Die Sonne prickelte wie Champagner, und aus der Seine stieg ein feiner Nebel: ein Vormittag, von dem man sich wünschte, er ginge nie zu Ende. Alice lief hastig, ohne sich umzudrehen. Als sie vor dem düsteren Eingangstor der Kriminalpolizei stand, zögerte sie einen Moment, ging dann auf den Wachposten zu und stieg schließlich die staubige Treppe hinauf.

Dollent sah sie oben hinter der Glasscheibe im Wartezimmer sitzen. Er trat bei Lucas ein, der bereits auf ihn wartete.

»Hören Sie, Kommissar, Sie haben gestern etwas von hart anpacken gesagt... Seien Sie nicht gar zu streng mit ihr! Sie wirkt schon jetzt so niedergeschlagen.«

»Führen Sie das Mädchen herein!« sagte Lucas barsch.

Er war guter Laune an diesem Morgen. Der Frühling strömte mit aller Macht durch die weit geöffneten Fenster, und der Kommissar trug ausnahmsweise eine modische Krawatte – blau mit kleinen weißen Tupfen. Auch wenn er den Buhmann spielte – der Funke Schalk in seinen Augen war nicht zu übersehen.

»Nehmen Sie Platz, Mademoiselle Alice... Ich mache keinen Hehl daraus, daß Ihr Fall ernst ist, sehr ernst sogar. Ihr Vergehen könnte Sie teuer zu stehen kommen...«

Schon schossen dem Mädchen die Tränen in die Augen, die sie sich mit einem zerknüllten Taschentuch wegtupfte.

»Als Sie gestern vernommen wurden, haben Sie der Polizei nicht die ganze Wahrheit gesagt... Strenggenommen haben Sie sogar eine Falschaussage gemacht – ein Vergehen, das unter Artikel... Artikel... ich weiß nicht welchen, des Gesetzes fällt...«

»Ich... ich dachte...«

»Was dachten Sie?«

»Daß keiner je etwas von unserer... unserer Bekanntschaft erfahren würde... Ich war so erschüttert von diesem schrecklichen Ereignis...«

»Seit wann kennen Sie Justin Galmet?«

»Seit... seit etwa drei Wochen...«

»Und da waren Sie schon seine Geliebte?«

»Aber nein, Herr Kommissar... Das schwöre ich Ihnen bei meinen kleinen Brüdern...«

»Bei wem...?«

»Bei meinen kleinen Brüdern... Ich muß dazu sagen, daß ich Waise bin und zwei kleine Brüder habe... Sie gehen beide noch zur Schule... Der jüngere ist gerade in der Vorschule...«

»Ich verstehe nicht, was Ihre kleinen Brüder mit Justin Galmet zu tun haben...«

»Sie werden gleich sehen... Wenn es nur um mich ginge, dann hätte ich mich bestimmt nicht darauf eingelassen... Er war weder in meinem Alter noch mein Typ...«

»Moment mal! Schön der Reihe nach... Haben Sie Galmet im Warenhaus kennengelernt?«

»Ja, in der Schmuckabteilung... Er kam jeden Tag und kaufte einen Karabinerhaken für seine Uhrenkette bei mir... Er war sehr höflich... Sonst hätte ich ihn nicht angehört... Jetzt weiß ich nicht mehr recht, aber ich bin sicher, daß er ein anständiger Mensch war...

Am dritten oder vierten Tag fragte er mich schüchtern, einfach so:

›Mademoiselle, sind Sie schon vergeben?‹

Ich antwortete ihm, daß ich zwei kleine Brüder hätte und daß ich ihretwegen sicherlich nie heiraten könnte...«

Der kleine Doktor betrachtete den Kommissar, der unwillkürlich ein freundlicheres Gesicht machte und Mühe hatte, den barschen Ton beizubehalten.

»Mit anderen Worten, dieser völlig fremde Mann hat Ihnen bereits am dritten oder vierten Tag einen Antrag gemacht?«

»Das ist schwer zu erklären. Er war nicht wie die anderen... Er war sehr schüchtern... Er sagte mir, daß er allein sei, einsam...«

»Und das alles, während er Karabinerhaken ausprobierte?«

»Nein! Er hat mich in ein kleines Restaurant in der Chaussée d'Antin zum Essen eingeladen... Dort hat er mir auch anvertraut, daß sich sein Leben ändern würde, daß er kurz vor einer Erbschaft stehe...«

Der Kommissar und Jean Dollent wechselten einen vieldeutigen Blick. Kein Zweifel: Justin Galmet war mit Erbschaften reich gesegnet! War er nicht damals schon aus demselben Grund aus der Kriminalpolizei ausgeschieden?

»Er wollte aufs Land ziehen, am liebsten an die Loire... Er hat mich gefragt, ob ich ihn heiraten würde, wenn mir das Haus gefiele... Er hat gleich hinzugefügt, daß meine kleinen Brüder bei uns leben könnten und daß er glücklich wäre, mit einem Mal eine ganze Familie zu haben. Er versprach, ihnen eine gute Ausbildung zu geben...«

Sie weinte, und es war unklar, ob sie es aus Angst, Kummer oder vor Rührung tat.

»So war er eben! Ich habe einen Tag frei genommen und mir mit ihm zusammen das Haus in Cléry angesehen... Auf der Fahrt dorthin war er wieder sehr höflich...

›In ein paar Tagen hält mich nichts mehr in Paris zurück...‹, sagte er. ›Dann lassen wir das Aufgebot aushängen...‹«

»Sagen Sie, Mademoiselle Alice... Ist Ihnen das nicht eigenartig vorgekommen, als Ihr Verehrer oder besser Ihr Verlobter plötzlich zur Schuhabteilung überwechselte und Ihrer Freundin Gaby den Hof machte?«

»Am ersten Tag schon, weil er mir nichts davon gesagt hatte...«

»Und dann?«

»Er hat mir geschworen, daß er sich nicht für Gaby interessiert. Er meinte, er könnte mir nichts sagen, ich müßte ihm eben vertrauen... Abgesehen davon konnte ich die beiden von meinem Platz aus sehen...«

»Es kam Ihnen also ganz normal vor...«

»Er hat nie über seinen Beruf gesprochen. Ehrlich gesagt dachte ich, er wäre...«

»Er wäre was?«

»Bei der Polizei... Im Warenhaus sind oft Polizisten, wegen der Diebstähle... Als ich erfuhr, daß er tot ist, da... da habe ich sofort an meine kleinen Brüder denken müssen... Ich hatte ihnen schon gesagt, daß wir aufs Land ziehen...«

War es nötig, daß Lucas da sein Taschentuch hervorholte?

Er tat es jedenfalls.

»Sind Sie sicher, daß Sie diesmal die ganze Wahrheit gesagt haben?«

»Ich glaube schon... Ich kann mich an nichts anderes erinnern...«

»Hat Ihr Verlobter denn nie etwas gesagt, wonach Sie sich ein Bild über ihn machen konnten?«

»Er war sehr höflich, sehr schüchtern...«

Es war wie ein roter Faden.

»Ich wußte, daß ich trotz des Altersunterschieds nicht unglücklich mit ihm sein würde...«

›Jetzt wird sie uns gleich wieder von ihren kleinen Brüdern erzählen...‹, dachte der kleine Doktor.

Doch dazu kam es nicht.

»Sie können gehen, Mademoiselle«, unterbrach sie Lucas. »Sollte ich Sie noch einmal brauchen, lasse ich Sie rufen.«

»Und ich bekomme auch bestimmt keinen Ärger?«

Sie konnte es nicht fassen, daß alles schon vorbei sein sollte, daß sie frei war und dieses mächtige Gebäude, das sie zitternd betreten hatte, verlassen konnte.

»Danke, Herr Kommissar... Wie soll ich Ihnen nur danken?... Wenn Sie wüßten, wie... wie...«

»Schon gut! Auf Wiedersehen.«
Er schob sie hinaus. Als er die Tür geschlossen hatte und sich umdrehte, war ihm etwas mehr Rührung anzusehen, als ihm lieb war.

»Ich bin doch hoffentlich nicht zu hart gewesen, oder?« fragte er den kleinen Doktor scherzhaft.

»Ich dachte gerade, wie unterschiedlich dieselben Tatsachen und Ereignisse wirken können, je nachdem, aus welchem Blickwinkel man sie betrachtet... Das ist beinahe so wie im Theater... Auf der einen Seite der Zuschauer, der das, was sich da vor seinen Augen abspielt, für bare Münze nimmt... Und auf der anderen die Bühnenarbeiter und die Schauspieler, die sich ihre Perücke zurechtsetzen... Für dieses Mädchen bedeutet der Tod von Justin Galmet unendlich viel!... Sie und ich hingegen, wir sehen darin nichts weiter als ein kleines, aufregendes Rätsel, einen Fall, der eben gelöst werden muß... Was halten Sie von dem Mann?«

Lucas zuckte nur die Schultern. Es kam alles so unerwartet!

Tags zuvor noch schien Justin Galmet lediglich eine von den undurchsichtigen Gestalten zu sein, wie sie in Großstädten zuhauf anzutreffen sind.

Und nun hatte er mit einem Mal beinahe etwas Rührendes, ja sogar Ergreifendes an sich.

Ob es wohl stimmte, daß er die ehrenwerte Mademoiselle Alice heiraten und zusammen mit ihr und ihren kleinen Brüdern aufs Land ziehen wollte?

Und wenn, warum wurden diese Pläne ausgerechnet dann, als sie wahr werden sollten, durch einen Revolverschuß zunichte gemacht?

Er hatte ja gesagt: *In ein paar Tagen hält mich nichts mehr in Paris zurück...*

Ein paar Tage... Nicht ein paar Wochen, sondern nur ein paar Tage, und das, obwohl er schon so lange in Paris lebte...

... *hält ihn in Paris zurück,* murmelte der kleine Doktor immer wieder halblaut vor sich hin, so als ob diese einfachen Worte noch einen versteckten Sinn hätten.

Nun! Das war ganz einfach! Nicht um zehn Fragen ging es, auch nicht um drei oder zwei, sondern nur um eine einzige, dumme Frage, wie es schien, so einfach war sie: *Was hielt Justin Galmet noch ein paar Tage in Paris zurück?*

War das geklärt, so würde sich der Rest von selbst ergeben!

»Wohin gehen Sie?« fragte Kommissar Lucas, während er sich eine Pfeife anzündete und sich an seinen Schreibtisch setzte.

»Einen trinken... Wissen Sie, Kommissar, warum es Säufer gibt?«

»Äh, nein. Ich denke...«

»Was Sie denken, ist sicherlich verkehrt... Säufer gibt es nur deshalb, weil Trinken das einzige Mittel gegen den Kater ist... Sehen Sie, so führt eins zum andern...«

Ob das ernst gemeint war oder nur als Scherz, war nicht klar. Pfeifend verließ Dollent das Gebäude. Wie er so durch die Straßen von Paris schlenderte, wirkte er wie einer, der nichts anderes im Sinn hat, als das Leben mit allen Fasern seines Wesens zu genießen. Niemand wäre auf die Idee gekommen, daß eine Frage ihn verfolgte, quälend wie eine Schmeißfliege an einem Gewittertag:

*Was mochte bloß Galmet noch ein paar Tage in Paris zurückgehalten haben?*

Und plötzlich stürzte er in das Warenhaus, in dem Gaby Schuhe und Alice Schmuck verkauften.

»Verzeihen Sie, daß ich noch einmal störe, Mademoiselle Alice... Auch ich bin ein höflicher und schüchterner Mann... Daher erlaube ich mir, Sie in ein kleines Restaurant in der Chaussée d'Antin zum Essen einzuladen... Wann haben Sie Mittagspause?«

»Um halb eins...«

»Gut! Dann warte ich vor dem Metro-Eingang auf Sie.«

4

*Der kleine Doktor fragt nach einer
üppigen Mahlzeit plötzlich
nach dem Datum und eilt zum
Kommissar*

»Sie können ruhig ein Gericht ›mit Aufpreis‹ nehmen, Mademoiselle. Die Rechnung zahlt der Direktor.«
Der kleine Doktor hatte ein kleines Restaurant mit Festpreisen ausgewählt; um sie herum saßen überwiegend Angestellte und Verkäuferinnen aus den umliegenden Warenhäusern.

Alice fühlte sich noch immer etwas unsicher. Ihren Begleiter aber hatten die drei Aperitifs, die er zu sich genommen hatte, während er auf sie wartete, in solche Hochstimmung versetzt, daß sie hin und wieder sogar zaghaft lächeln mußte.

»Essen Sie, was Ihnen schmeckt... Wie wär's mit Hummer?... Mögen Sie nicht etwas Hummer?«

»Ich bekomme davon immer Ausschlag«, gestand sie arglos.

Statt dessen überlegte sie, ob sie nicht Kaldaunen bestellen sollte – das Gericht war am Nebentisch serviert worden, und der Duft stieg ihr in die Nase.

»Mögen Sie Kaldaunen? Das trifft sich gut! Ich auch! Herr Ober! Zweimal Kaldaunen.«

Es gibt Tage, da ist der Himmel wie reingewaschen,

glasklar, und an solchen Tagen prickelt die Luft, Paris strahlt wie ein junges Mädchen, die Farben leuchten, und alles ist schön und gut.

Hier in diesem schicken Restaurant konnte man sich kaum vorstellen, daß jemand mit einer versteckten Pistole, die leider keine Kinderpistole war, in die Spielwarenabteilung gekommen war, gezielt und sogar abgedrückt hatte..., worauf ein armer Kerl, der gerade Pantoffeln anprobierte...

»Hören Sie, Mademoiselle Alice... Sie brauchen nicht nervös zu werden. Denken Sie ganz ruhig nach, und versuchen Sie sich an bestimmte Einzelheiten zu erinnern, vor allem an solche, die Ihnen unwichtig erscheinen...

Zum Beispiel an das letzte Mal, als Justin Galmet zu Ihnen in die Abteilung kam...«

Als sie Galmets Namen hörte, wurde sie traurig, und der kleine Doktor machte sich Vorwürfe, daß er ihr die Freude an den Kaldaunen verdarb.

»Es war an einem Samstag...«, murmelte sie nachdenklich. »Ich erinnere mich daran, weil Samstag immer ein hektischer Tag ist.«

»Haben Sie samstags sehr viel mehr Kunden als sonst?«

»Mehr als doppelt so viele. Abends spüren wir kaum noch die Beine und den Rücken.«

»Sie sind also sicher, daß es ein Samstag war... Hatte sich Justin Galmet hingesetzt?«

»In unserer Abteilung nehmen die Kunden nur selten Platz... Ab und zu einmal eine Dame, die sich viel zeigen läßt... Er hat sich nie hingesetzt.«

»Dann konnte er also von dort aus nach unten schauen.«

»Ja, er konnte die Schuhabteilung, die Angebote der Woche, die Kasse 89 und den Ausgang überblicken... Das ist das, was ich den ganzen Tag über sehe.«

»Lassen Sie sich Zeit mit der Antwort... Können Sie sich entsinnen, ob er an jenem Samstag irgendein kleines Zeichen von Überraschung zeigte, etwa so, wie wenn man in der Menge ein bekanntes Gesicht entdeckt?«

Sie starrte einen Augenblick regungslos vor sich hin.

»Ich weiß nicht recht...«, murmelte sie schließlich. »Aber etwas fiel mir auf... Er hat an dem Tag keinen Karabinerhaken gekauft.«

»Er hat keinen Karabinerhaken gekauft!... Und das sagen Sie erst jetzt!... Heißt das, daß er ziemlich überstürzt weggegangen ist?«

»Ja... Nach unten...«

»Ist Ihnen an diesem Tag sonst nichts weiter aufgefallen?« Er schien sie geradezu zu hypnotisieren, sie dazu zwingen zu wollen, sich an etwas zu erinnern. Und er erreichte auch, was er wollte.

»Ich hatte viele Kunden... Eine Viertelstunde mindestens habe ich gar nicht mehr an ihn gedacht... Erst als ich eine Kundin zur Kasse begleitete, warf ich einen Blick nach unten... Ich war überrascht, daß er das Geschäft noch nicht verlassen hatte.«

»Wo war er?«

»Er stand ganz in der Nähe von Gaby.«

»Ist das alles?«

»Ich sagte Ihnen ja, daß ich sehr viel zu tun hatte...

Außerdem ließ ich wegen dieser ganzen Diebstahlgeschichten meine Abteilung keinen Moment aus den Augen... Aber ich bin mir so gut wie sicher, daß ich ihn eine ganze Weile später noch einmal gesehen habe... Ich möchte nicht, daß Sie dem, was ich Ihnen jetzt sage, allzuviel Bedeutung beimessen... Abgesehen davon ist es schwierig, alles genau zu erkennen, wenn man die Leute nur von oben sieht und in dem Gedränge manche sogar die Ellenbogen gebrauchen... Trotzdem meine ich gesehen zu haben, wie er mit einem Mann sprach.«

»Könnten Sie ihn näher beschreiben?«

»Nein... Er hatte einen grauen Hut auf... Danach habe ich Galmet nicht mehr gesehen – bis Montag, da war er bei Gaby in der Abteilung... Am nächsten Tag hat er mittags am Ausgang auf mich gewartet... Eigentlich wollte ich nicht mehr mit ihm reden... Aber dann hat er mich gebeten, mich nicht weiter um seine Geschäfte zu kümmern... Er hat versprochen, mir eines Tages alles zu erklären... Ich habe mich schließlich von ihm überreden lassen, und wir sind gemeinsam hierher zum Essen gegangen... Wir haben sogar genau an diesem Platz gesessen!... Links von der Tür... Zwei Tage später hat er mich dann in das Haus nach Cléry mitgenommen... Er war sehr glücklich... Er wollte so schnell wie möglich dort sein... Was haben Sie denn?«

Der kleine Doktor war mit einem Mal sehr ernst geworden und blickte mit gerunzelter Stirn so starr vor sich hin, daß sie sich fragte, was er wohl entdeckt haben mochte. Doch statt zu antworten, fragte er nur unvermittelt:

»Welchen Tag haben wir heute?«

»Samstag.«

Er fuhr zusammen und betrachtete sein Essen wie einer, der möglichst schnell fertig werden will.

»Möchten Sie ein Dessert?« fragte er.

Alice traute sich nicht, ja zu sagen, und er rief den Ober.

»Die Rechnung! Schnell!«

Er gab sich nicht einmal die Mühe, seinen Gast bis an den Eingang des Kaufhauses zurückzubegleiten. Statt dessen sprang er in ein Taxi.

»Zum Quai des Orfèvres... Ja, zur Kriminalpolizei... Was schauen Sie mich so an?«

5

*Der kleine Doktor prahlt mit
scharfsinnigen Schlußfolgerungen, während
Lucas noch im dunkeln tappt*

»Sie schon wieder?« fragte Kommissar Lucas erstaunt. Neben dem aufgeregten kleinen Doktor wirkte er wie die Ruhe selbst.

»Ja, ich noch mal... Eine Frage: Können Sie mir sagen, wieviel ungefähr in den Warenhäusern gestohlen wird?«

»Kein Problem, die Kaufhäuser führen genaue Statistiken darüber. Die Zahlen sind erschreckend hoch. Halten Sie sich fest! Ein Warenhaus am linken Seineufer setzt den jährlichen Verlust auf Grund von Diebstählen mit einer Million Francs an. Bei den anderen ist es ähnlich. Das erklärt auch, weshalb diese Häuser ein ganzes Heer von Wachleuten beschäftigen.«

»Sind die Diebe alle Profis?«

»Ja und nein... Es sind auch kleine Fische darunter, Frauen und Mädchen, die sich das, was sie gerne hätten, nicht leisten können und deshalb das eine oder andere mitgehen lassen, vor allem Stoffreste...

Dann kommt die große Masse, wenn ich so sagen darf. Wiederum Frauen, weil sie ihre Beute leichter verbergen können... Sie haben fast immer eine Einkaufstasche dabei oder tragen weite Kleidung, unter der sich allerhand verstecken läßt... So hat man einmal eine Frau festgenommen, die so tat, als sei sie schwanger. Dabei verbarg sie unter ihrem Mantel einen regelrechten Känguruhbeutel, den sie auch eifrig füllte...

Diese Sorte arbeitet meistens zu zweit, da eine die Verkäuferin ablenken muß, während die andere am Werk ist.

Wir kennen fast alle... Aber sie sind so geschickt, daß es sehr schwer ist, sie auf frischer Tat zu ertappen... Sie kennen natürlich unsere Inspektoren und auch die Privatdetektive in den jeweiligen Warenhäusern... Sobald sie sie irgendwo sehen, tauchen sie in der Menge unter und werden nicht gefaßt, es sei denn, man veranstaltet eine regelrechte Hetzjagd. Und das muß um jeden Preis vermieden werden. Hausregel Nummer eins.«

»Große Fische gibt es keine?«

Bekümmert antwortete Lucas:

»Doch, natürlich... Zum Teil sind die Diebstähle viel zu raffiniert und gewagt für Allerweltsdiebe. Aber leider haben wir dieses Gesindel noch nicht zu fassen bekommen!«

»Sind das organisierte Banden?«

»Keine Ahnung. Ich nehme es an, aber ich habe keine Beweise.«

»Gab es viele Diebstähle dieser Art in den vergangenen Monaten?«

»Wie üblich, glaube ich... Zumindest, was die Warenhäuser betrifft...«

Nachdenklich spielte Lucas mit seinem Brieföffner,

während der kleine Doktor geduldig wartete. Er wurde belohnt, denn schon im nächsten Augenblick seufzte Lucas:

»Was offenbar zugenommen hat, sind andere Diebstähle. Neben den normalen Geschäften sind davon insbesondere die Luxusgeschäfte und vor allem die Juwelierläden betroffen. Dabei handelt es sich um Kunden, die urplötzlich einen ganzen Posten Juwelen rauben, in ein wartendes Fahrzeug flüchten und losbrausen. Sie haben sicherlich darüber in den Zeitungen gelesen. Daß so etwas gelingt, scheint fast unmöglich, und doch kommt es ständig vor.

Das hat natürlich psychologische Gründe. Die Räuber bauen auf den Überraschungseffekt. Der Händler, der mit anderen Kunden beschäftigt ist – möglicherweise sind einige davon sogar Komplizen, wer weiß? –, braucht einige Sekunden, bis er einen klaren Gedanken fassen und Alarm schlagen kann.

Draußen spielt sich das gleiche ab. Immer handelt es sich um sehr belebte Einkaufsstraßen. Ein Auto startet irgendwo. Wertvolle Sekunden verstreichen, bis endlich jemand nach Hilfe schreit. Und während die Passanten sich auf der Straße noch gegenseitig anrempeln und einander in die Quere kommen, ist das Auto bereits über alle Berge, und die Diebe sind in Sicherheit. Warum lachen Sie?«

»Ich?« fragte der kleine Doktor mit Unschuldsmiene.

»Man könnte meinen, Sie finden das lustig.«

»Warum auch nicht? Übrigens, wie viele Leute könnten Sie mir heute abend zur Verfügung stellen? Augen-

blick! Keinen von den bekannteren Inspektoren. Sie verstehen schon! Möglichst Leute, die nicht auffallen.«
»Das kommt darauf an, was Sie vorhaben.«
»Vielleicht geschieht gar nichts. Vielleicht aber auch eine ganze Menge. Das hängt einzig und allein davon ab, ob meine Überlegungen stimmen oder nicht. Wenn sie stimmen, wenn sie hieb- und stichfest sind, dann...«
»Was dann?«
»Das sage ich Ihnen lieber hinterher. Ich möchte mich nicht lächerlich machen, falls es schiefgeht. Also? Wie viele Leute können Sie mir geben?«
»Reichen Ihnen sechs?«
»Das ist zuwenig.«
»Was?«
»Ich brauche mindestens ein Dutzend. Und einen schnellen, unauffälligen Wagen.«
»Ist Ihnen klar, daß ich für einen solchen Einsatz erst meine Vorgesetzten fragen muß?«
»Tun Sie das!« sagte Jean Dollent gelassen.

»Es ist erst sechs, Kommissar. Wir haben noch Zeit.«
»Wie können Sie wissen, ob und wann irgend etwas geschieht...?«
»Wenn etwas geschieht, dann genau um halb sieben... Trinken Sie noch ein Glas mit?«
Der kleine Doktor trank Bier. Er und der Kommissar saßen auf einer Terrasse mit Blick auf mehrere Warenhäuser. Trotz des Parkverbots stand ein Wagen der Kriminalpolizei vor einem der Kaufhauseingänge bei der Metro-Station.
Der kleine Doktor hatte – da man ihn vor Ort hätte

bemerken können – die Anweisungen in Lucas' Büro gegeben. Dazu hatte er einen Plan gezeichnet, der schon bald wie eine Generalstabskarte aussah.

Jeder Inspektor hatte seine Aufgabe zugewiesen bekommen.

»Sie da, mit den roten Haaren... Sie gehen Punkt Viertel nach sechs in die Schuhabteilung und probieren so lange Hausschuhe an, bis es halb sieben ist... Behalten Sie dabei die Kasse 89 im Auge.

Und Sie, Monsieur... Ja, Sie! Sie nutzen die Gelegenheit und besorgen sich eine neue Brieftasche... Keine Sorge, Lucas, die Direktion zahlt... Wenn die Klingel losgeht, müssen Sie noch in der Abteilung sein... Dann beobachten Sie ganz genau...«

Er zeichnete auf dem Plan des betreffenden Traktes ein Kreuzchen nach dem anderen ein.

»Drei Mann stehen in der Nähe des Eingangs... Aber vor halb sieben dürfen sie nicht auf das Tor zugehen... Man soll ja nicht schon vorher merken, daß wir eine Falle stellen... Drei weitere Leute postieren sich beim Metro-Eingang...«

Der kleine Doktor hatte zwar schon eine Reihe von Ermittlungen geführt, doch dies war das erste Mal, daß er die taktische Leitung eines Polizeieinsatzes übernahm, und Lucas betrachtete ihn mit gemischten Gefühlen.

»Ist das alles?« fragte er ironisch.

»Nein! Vorsichtshalber sollte noch jemand in der Spielwarenabteilung bereitstehen. Es wäre mir unangenehm, wenn sich das, was Justin Galmet passiert ist, wiederholen würde.«

Dann war es soweit: Der kleine Doktor wartete mit der Uhr in der Hand auf der Terrasse und machte den Kommissar mit unverständlichen Andeutungen nervös.

»Gesetzt den Fall, Galmet war ein Warenhausdieb: Halten Sie es für möglich, daß er von einem oder gar von mehreren Komplizen getötet wurde? Antworten Sie noch nicht... Nehmen wir einmal an, Galmet war ein Warenhausdieb... Da wir sein Bankkonto kennen, müssen wir davon ausgehen, daß er nicht gerade zu den großen Fischen gehört hat.

Nur kleine Fische begnügen sich mit fünfhundert Francs in der Woche und riskieren dafür so viel...

Sie werden jetzt bestimmt einwenden, daß in den vergangenen Monaten... Nein, Kommissar!...«

»Ich habe doch gar nichts gesagt!«

»Ich weiß doch, was Sie denken... Wer nach zwanzig Jahren regelmäßigen Stehlens nur dreihunderttausend Francs beiseite geschafft hat und so unscheinbar ist wie Galmet, scheint es nicht wert, Opfer eines so raffinierten Verbrechens zu werden.

Genau das ist der Ansatz, der Aufhänger!... Es war ein Fehler, von Galmet auszugehen...

*Von seinem Mörder muß man ausgehen...* Und einer, der imstande ist, sich diesen Plan mit dem Schuß aus der Spielwarenabteilung auszudenken und auch in die Tat umzusetzen, der kennt sein Metier, das müssen Sie zugeben!...

Ich wette, es ist jemand, den Justin Galmet plötzlich von der Schmuckabteilung aus entdeckt hat... Er ist hinuntergestürzt... Alice ist sich nicht ganz sicher, ob sie miteinander gesprochen haben... Wenn ja, dann bestimmt nur ein paar Worte...

Von diesem Tag an kommt Justin Galmet jeden Abend um Viertel nach sechs in die Schuhabteilung...

Fällt Ihnen da nichts auf?«

Lucas brummte nur:

»Darf ich Sie darauf hinweisen, daß es jetzt Viertel nach sechs ist?«

»Noch ein Bierchen, und wir gehen.«

Er trank sein Glas aus, betrat dann mit Lucas durch eine Seitentür das Warenhaus, stieg in den ersten Stock und befand sich kurz darauf mit dem Kommissar in der Schmuckabteilung. Alice, die gerade Kunden bediente, sah sie beunruhigt an, doch Dollent winkte beschwichtigend ab.

»Einer, der mit Sicherheit nicht losrennen kann«, bemerkte der kleine Doktor, als er nach unten schaute, »ist der mit den roten Haaren. Er hat gerade einen Schuh ausgezogen... Genauso wie Justin Galmet...

Sagen Sie, Kommissar... Wenn Sie einen Bank- oder Büroangestellten ausrauben wollten, an welchem Tag würden Sie das tun?«

Noch nie war er so unerträglich gewesen. Aber vielleicht überspielte er auf diese Weise nur seine Ungeduld.

»An welchem Tag? Was meinen Sie damit?«

»Genau das, was ich sage! Welchen Tag würden Sie sich aussuchen, wenn Sie einen Bankangestellten berauben wollten? Würden Sie das beispielsweise am 16. Januar tun?«

»Ich verstehe nicht ganz, weshalb...«

»Schade! Am 16. Januar, Kommissar, würden Sie bei ihm auch nichts finden... Das ist nämlich der Tag, nachdem er die Miete bezahlt hat... Und davor liegen Weihnachten und Neujahr... Einen Angestellten muß man am Ersten eines Monats bestehlen, wenn er sein Gehalt ausbezahlt bekommt... Merken Sie denn nicht, was hier los ist?«

Lucas gab keine Antwort mehr. Er war wütend. Den kleinen Doktor schien das allerdings nicht zu beeindrucken.

»Es sind doppelt so viele Leute hier wie gestern... Und alle kaufen ein! In den Kassen stapeln sich die Geldscheine!«

Diesmal spitzte der Kommissar die Ohren.

»Ist zufällig...«

Doch er wurde jäh unterbrochen. Die Klingel schrillte ohrenbetäubend, und gleichzeitig dröhnte ein Marsch aus den Lautsprechern, um die Leute zur Eile anzutreiben.

»Sie werden sehen... Wenn etwas geschieht, dann geschieht es schnell... Beugen Sie sich nicht zu weit vor... Sonst bemerkt man Sie...«

Er wußte, was er zu beobachten hatte. Die Kassiererin von Kasse 89 versiegelte einen großen gelben Umschlag und trat aus ihrer Kabine heraus. Die Menge strömte wie Lava durch die Abteilungen. Um zum Aufzug zu gelangen, mußte die Kassiererin sich durch die ihr entgegenkommende Menge kämpfen. Plötzlich stieß sie einen Schrei aus, und im selben Moment entdeckte der kleine Doktor neben ihr einen perlgrauen Hut.

Was dann geschah... Wer hätte es in dem Chaos, das jetzt ausbrach, noch sagen können? Keiner wußte, was los war. Eine Frau schrie. Eine andere, deren kleiner Junge umgerannt worden war, schrie noch lauter. Einige, die vielleicht unwillkürlich an den Mord an Justin Galmet denken mußten, flohen Hals über Kopf, während der rothaarige Inspektor ohne seinen linken Schuh losstürzte.

»Es lohnt sich nicht, daß wir hinuntergehen«, sagte der kleine Doktor, der seine Begeisterung kaum zu verbergen vermochte. »Wir kämen ohnehin zu spät. Wenn Ihre Leute sich an die Instruktionen halten...«

Der graue Hut war nicht mehr zu sehen. Trauben von Menschen drängten sich um den Ausgang und prallten mit denen auf dem Bürgersteig zusammen.

Vor ihm, in Lucas' Büro, saß der Mann mit dem grauen Hut. Seine Kleidung war leicht zerknittert, der Kragen hing heraus, und er hatte Schrammen im Gesicht. Man hatte ihn gerade noch geschnappt, als er in ein Auto springen wollte, das direkt vor dem Polizeiwagen parkte. Den Umschlag allerdings hatte er nicht mehr bei sich... Auch weggeworfen hatte er ihn nicht... Durch wie viele Hände mochte er gegangen sein, bevor er verschwand? Wie viele Komplizen hatten wohl zwischen Kasse und Auto gestanden?

Das war saubere Arbeit, ein Meisterstück. Der Mann wirkte übrigens keineswegs verunsichert. Was ihn am meisten erstaunte, war der kleine Doktor, der ihn ebenfalls voller Neugier musterte.

»Wenn mich nicht alles täuscht, Kommissar, dann

haben wir hier den Anführer der dreisten Diebesbande vor uns, von der Sie vorhin sprachen.«

»Da können Sie lange suchen, bis Sie mir das nachweisen können!« feixte der Mann. »Ich wette, die Kassiererin hat behauptet, ich hätte ihr den Umschlag aus der Hand gerissen... In dem Gedränge brauchte man doch nur den Arm auszustrecken.«

Das stimmte. Der Überfall war meisterhaft und bis ins Detail geplant gewesen.

»Wissen Sie, was mir aufgefallen ist, Kommissar?« fuhr der kleine Doktor fort, während er den Mann mit dem grauen Hut immer noch wie ein Fabeltier anstarrte. »Der Platz, auf dem Justin Galmet saß, als er getötet wurde, war in gewisser Hinsicht ein strategischer Punkt. Er ist einzigartig im ganzen Warenhaus. Erstens ist die Kasse 89 die einzige, die sich in der Nähe eines Ausgangs befindet. Und zweitens wird dieser Ausgang wegen der Metro-Station am stärksten benutzt.

Es war an einem Samstag, als unser armer Galmet plötzlich die Schmuckabteilung verließ und nach unten stürzte...

Was hatte er wohl gesehen?... Nun, ich will es Ihnen sagen... Diesen Herrn hier hatte er gesehen...

*Und er wußte, daß immer ein großer Coup fällig war, wenn er diesem Herrn irgendwo begegnete.*«

Der kleine Doktor hatte Durst, aber es gab nichts zu trinken. Nervös zündete er sich eine Zigarette an. Er fieberte. Zu lange schon stand er unter Anspannung.

»Ich wette, unser guter Galmet hatte sich um die Warenhäuser zu kümmern, als er noch bei der Polizei war. Das ist höchstwahrscheinlich auch der Grund, weshalb er seine Entlassung eingereicht hat...

Er hat eine einfache Rechnung aufgestellt... Wenn jeder Dieb ihm einen Anteil von zehn oder zwanzig Prozent abgibt, so sagte er sich, dann...

Verstehen Sie?... Es genügte ihm, die Diebe zu kennen – nicht, weil er sie festnehmen wollte, sondern um sie zur Kasse zu bitten... Zugegeben, ein fragwürdiges Metier... Aber immerhin recht einfallsreich...

Ein beschauliches Leben, das er da führte – ohne Risiko und ohne Mühen... Er überwachte seine Leute..., machte kleine Einkäufe... und hatte im Nu den Dieb oder die Diebin ausfindig gemacht, um dann seinen Anteil zu fordern. Daher auch dieses kleinbürgerliche Leben... Die fünfhundert Francs, die jede Woche auf sein Bankkonto überwiesen wurden... Die kleinen Ersparnisse eines *Durchschnittsfranzosen*...

Bis zu dem Tag, an dem er auf eine größere Sache stößt...«

Der Mann mit dem grauen Hut sah den kleinen Doktor so bewundernd an, daß es Lucas einen Stich versetzte.

»Sagen Sie mal, Sie wollen mir doch nicht etwa weismachen, daß Sie zum Haus gehören?« fragte der Dieb ungeniert.

Dollent stellte sich daraufhin mit größter Höflichkeit vor: »Doktor Jean Dollent, Arzt in Marsilly bei La Rochelle, Département Charente-Maritime... Wo war ich stehengeblieben?... Ach ja! Unser guter Justin Galmet schnüffelte also überall herum und stieß dabei vor ein paar Monaten auf die Bande dieses Herrn hier, die im großen Stil arbeitet... Er verlangt seinen Anteil, den man ihm nur schwerlich abschlagen kann... Die Einzahlungen auf sein Konto werden immer größer, und so denkt er schließlich daran, sich aufs Land zurückzuziehen...

Dann passiert folgendes... Unser Junggeselle, der als ein Verehrer von Verkäuferinnen gilt, weil das für ihn gewissermaßen zum Beruf gehört, verliebt sich in das Mauerblümchen Alice...

Er will sie heiraten... Er ist einem Juwelendieb auf der Spur und findet statt dessen eine Frau...

Weshalb nun taucht ausgerechnet zu diesem Zeitpunkt im Erdgeschoß die wohlbekannte Gestalt des Herrn hier auf?

Er ahnt sofort, daß das etwas zu bedeuten hat... Er geht nach unten... Er will wissen, was los ist...

Mehrere Tage lang postiert er sich an derselben Stelle, um bei dem Coup dabeizusein und seinen Anteil zu kassieren...

Er wittert den Überfall auf die Kassiererin... Wieviel Geld mag an einem Samstagabend in deren Kasse sein?... Ich habe mich erkundigt... Drei- bis vierhunderttausend Francs, fein säuberlich nach Scheinen geordnet...

Mit der Abgabe, die er von den Herren Dieben erhebt, bezahlt er einen Großteil seines Hauses, so daß er sein Erspartes kaum anzutasten braucht... Das ist auch der Grund, weshalb *er noch ein paar Tage in Paris bleiben muß*... So lange nämlich, bis sich dieser Herr hier dazu entschließt, den Überfall auszuführen...

Danach konnte Hochzeit sein, die kleinen Brüder

und das alles... Kurzum: Haus und Hof... Ein beschauliches Leben...

Nur eines hat er dabei übersehen: daß unser Freund hier es satt haben könnte, Abgaben zu zahlen. Der hat nämlich beschlossen, sich Justin Galmet vom Halse zu schaffen, weil er zuviel weiß und allmählich teuer wird...

Die Örtlichkeiten machen es ihm leicht... Der Schuß fällt, und...«

Der Mann mit dem grauen Hut wurde unruhig. Da öffnete sich auf einen Wink des Kommissars die Tür, und herein trat kein anderer als der Verkäufer aus der Spielwarenabteilung.

»Das ist er...«, bestätigte der Verkäufer sogleich. »Ich habe zwar nicht gesehen, wie er geschossen hat, aber er nahm an diesem Tag mehrere Spielzeugpistolen in die Hand. Ich bin überzeugt, daß...«

»Armer Kerl!« seufzte der kleine Doktor, der bereits beim vierten oder fünften Glas angelangt war.

Dollent und Lucas saßen in der Bahnhofsgaststätte. Der Arzt wollte noch am gleichen Abend nach Marsilly zurückfahren.

»Das war verdammt pfiffig... Diebe zu bestehlen!... Ein ehrenhafter, solider Dieb, einer, der seinen Haushalt selbst versorgt... Wissen Sie, Lucas, was mich am meisten rührt und weswegen ich ihm am liebsten einen Kranz aufs Grab legen würde? Wegen Alice und ihren kleinen Brüdern... Ich bin sicher, er hätte sie geheiratet. Er hätte die Kinder großgezogen, und sie wären in ihrem Häuschen an der Loire glücklich und zufrieden gewesen... Für Alice ist das eine Katastrophe.«

»Wieso?«

»Na, weil sie alle Aussichten hat, eine alte Jungfer zu werden!«

Dann wandte er sich zum Ober:

»Die Rechnung, bitte.«

*La Rochelle, Mai 1938*

# Georges Simenon
# im Diogenes Verlag

● **Romane**

*Brief an meinen Richter*
Roman. Aus dem Französischen von Hansjürgen Wille und Barbara Klau

*Der Schnee war schmutzig*
Roman. Deutsch von Willi A. Koch

*Die grünen Fensterläden*
Roman. Deutsch von Alfred Günther

*Im Falle eines Unfalls*
Roman. Deutsch von Hansjürgen Wille und Barbara Klau

*Sonntag*
Roman. Deutsch von Hansjürgen Wille und Barbara Klau

*Bellas Tod*
Roman. Deutsch von Elisabeth Serelmann-Küchler

*Der Mann mit dem kleinen Hund*
Roman. Deutsch von Stefanie Weiss

*Drei Zimmer in Manhattan*
Roman. Deutsch von Linde Birk

*Die Großmutter*
Roman. Deutsch von Linde Birk

*Der kleine Mann von Archangelsk*
Roman. Deutsch von Alfred Kuoni

*Der große Bob*
Roman. Deutsch von Linde Birk

*Die Wahrheit über Bébé Donge*
Roman. Deutsch von Renate Nickel

*Tropenkoller*
Roman. Deutsch von Annerose Melter

*Ankunft Allerheiligen*
Roman. Deutsch von Eugen Helmlé

*Der Präsident*
Roman. Deutsch von Renate Nickel

*Der kleine Heilige*
Roman. Deutsch von Trude Fein

*Der Outlaw*
Roman. Deutsch von Liselotte Julius

*Die Glocken von Bicêtre*
Roman. Neu übersetzt von Angela von Hagen

*Der Verdächtige*
Roman. Deutsch von Eugen Helmlé

*Die Verlobung des Monsieur Hire*
Roman. Deutsch von Linde Birk

*Der Mörder*
Roman. Deutsch von Lothar Baier

*Die Zeugen*
Roman. Deutsch von Anneliese Botond

*Die Komplizen*
Roman. Deutsch von Stefanie Weiss

*Der Ausbrecher*
Roman. Deutsch von Erika Tophoven-Schöningh

*Wellenschlag*
Roman. Deutsch von Eugen Helmlé

*Der Mann aus London*
Roman. Deutsch von Stefanie Weiss

*Die Überlebenden der Télémaque*
Roman. Deutsch von Hainer Kober

*Der Mann, der den Zügen nachsah*
Roman. Deutsch von Walter Schürenberg

*Zum Weißen Roß*
Roman. Deutsch von Trude Fein

*Der Tod des Auguste Mature*
Roman. Deutsch von Anneliese Botond

*Die Fantome des Hutmachers*
Roman. Deutsch von Eugen Helmlé

*Die Witwe Couderc*
Roman. Deutsch von Hanns Grössel

*Schlußlichter*
Roman. Deutsch von Stefanie Weiss

*Die schwarze Kugel*
Roman. Deutsch von Renate Nickel

*Die Brüder Rico*
Roman. Deutsch von Angela von Hagen

*Antoine und Julie*
Roman. Deutsch von Eugen Helmlé

*Betty*
Roman. Deutsch von Raymond Regh

*Die Tür*
Roman. Deutsch von Linde Birk

*Der Neger*
Roman. Deutsch von Linde Birk

*Das blaue Zimmer*
Roman. Deutsch von Angela von Hagen

*Es gibt noch Haselnußsträucher*
Roman. Deutsch von Angela von Hagen

*Der Bürgermeister von Furnes*
Roman. Deutsch von Hanns Grössel

*Der Untermieter*
Roman. Deutsch von Ralph Eue

*Das Testament Donadieu*
Roman. Deutsch von Eugen Helmlé

*Die Leute gegenüber*
Roman. Deutsch von Hans-Joachim Hartstein

*Weder ein noch aus*
Roman. Deutsch von Elfriede Riegler

*Die Katze*
Roman. Deutsch von Angela von Hagen

*Der Passagier der Polarlys*
Roman. Deutsch von Stefanie Weiss

*Die Schwarze von Panama*
Roman. Deutsch von Ursula Vogel

*Das Gasthaus im Elsaß*
Roman. Deutsch von Angela von Hagen

*Das Haus am Kanal*
Roman. Deutsch von Ursula Vogel

*Der Zug*
Roman. Deutsch von Trude Fein

*Striptease*
Roman. Deutsch von Angela von Hagen

*Auf großer Fahrt*
Roman. Deutsch von Angela von Hagen

*Der Bericht des Polizisten*
Roman. Deutsch von Markus Jakob

*Die Zeit mit Anaïs*
Roman. Deutsch von Ursula Vogel

*45° im Schatten*
Roman. Deutsch von Angela von Hagen

*Das Fenster der Rouets*
Roman. Deutsch von Stefanie Weiss

*Die Eisentreppe*
Roman. Deutsch von Angela von Hagen

*Die bösen Schwestern von Concarneau*
Roman. Deutsch von Ingrid Altrichter

*Der Sohn Cardinaud*
Roman. Deutsch von Linde Birk

*Der Zug aus Venedig*
Roman. Deutsch von Liselotte Julius

*Weißer Mann mit Brille*
Roman. Deutsch von Ursula Vogel

*Der Bananentourist*
Roman. Deutsch von Barbara Heller

*Monsieur La Souris*
Roman. Deutsch von Renate Heimbucher

*Der Teddybär*
Roman. Deutsch von Ingrid Altrichter

*Die Marie vom Hafen*
Roman. Deutsch von Ursula Vogel

*Der reiche Mann*
Roman. Deutsch von Stefanie Weiss

*»... die da dürstet«*
Roman. Deutsch von Irène Kuhn

*Vor Gericht*
Roman. Deutsch von Linde Birk

*Der fremde Vetter*
Roman. Deutsch von Stefanie Weiss

*Das Begräbnis des Monsieur Bouvet*
Roman. Deutsch von Hans Jürgen Solbrig

*Der Umzug*
Roman. Deutsch von Barbara Heller

*Die schielende Marie*
Roman. Deutsch von Eugen Helmlé

*Die Pitards*
Roman. Deutsch von Ingrid Altrichter

*Das Gefängnis*
Roman. Deutsch von Michael Mosblech

*Malétras zieht Bilanz*
Roman. Deutsch von Irmgard Perfahl und Werner De Haas

*Das Haus am Quai Notre-Dame*
Roman. Deutsch von Eugen Helmlé

*Der Neue*
Roman. Deutsch von Ingrid Altrichter

*Die Selbstmörder*
Roman. Deutsch von Linde Birk

*Tante Jeanne*
Roman. Deutsch von Inge Giese

*Die Erbschleicher*
Roman. Deutsch von Renate Heimbucher

*Der Rückfall*
Roman. Deutsch von Ursula Vogel

*Am Maultierpaß*
Roman. Deutsch von Michael Mosblech

*Der Glaskäfig*
Roman. Deutsch von Stefanie Weiss

*Das Schicksal der Malous*
Roman. Deutsch von Günter Seib

*Der Uhrmacher von Everton*
Roman. Deutsch von Ursula Vogel

*Das zweite Leben*
Roman. Deutsch von Ingrid Altrichter

*Der Erpresser*
Roman. Deutsch von Linde Birk

*Die Flucht des Monsieur Monde*
Roman. Deutsch von Barbara Heller

*Die letzten Tage eines armen Mannes*
Roman. Deutsch von Michael Mosblech

*Sackgasse*
Roman. Deutsch von Stefanie Weiss und Richard K. Flesch

*Die Flucht der Flamen*
Roman. Deutsch von Barbara Heller

*Fremd im eigenen Haus*
Roman. Deutsch von Gerda Scheffel

*Der ältere Bruder*
Roman. Deutsch von Ingrid Altrichter

*Doktor Bergelon*
Roman. Deutsch von Günter Seib

*Die verschwundene Tochter*
Roman. Deutsch von Renate Heimbucher

*Das Haus der sieben Mädchen*
Roman. Deutsch von Helmut Kossodo

*Der Amateur*
Roman. Deutsch von Helmut Kossodo

*Das Unheil*
Roman. Deutsch von Josef Winiger

*Die verlorene Stute*
Roman. Deutsch von Helmut Kossodo

*Der Witwer*
Roman. Deutsch von Linde Birk

*Der Stammgast*
Roman. Deutsch von Josef Winiger

*Hochzeit in Poitiers*
Roman. Deutsch von Ingrid Altrichter

*Das ungesühnte Verbrechen*
Roman. Deutsch von Renate Heimbucher

*Die Beichte*
Roman. Deutsch von Michael Mosblech

*Der Schwager*
Roman. Deutsch von Renate Heimbucher

*Schwarzer Regen*
Roman. Deutsch von Stefanie Weiss und Richard K. Flesch

*Manuela*
Roman. Deutsch von Linde Birk

*Die Ferien des Monsieur Mahé*
Roman. Deutsch von Günter Seib

*Der verlorene Sohn*
Roman. Deutsch von Magda Kurz

*Zum Roten Esel*
Roman. Deutsch von Ursula Vogel

*Doppelleben*
Roman. Deutsch von Barbara Heller

*Der Grenzgänger*
Roman. Deutsch von Renate Heimbucher und Michael Mosblech

*Der Wucherer*
Roman. Deutsch von Günter Seib

● **Maigret-Romane und -Erzählungen**

*Maigrets erste Untersuchung*
Roman. Deutsch von Roswitha Plancherel

*Maigret und Pietr der Lette*
Roman. Deutsch von Wolfram Schäfer. Mit einer Nachbemerkung des Autors

*Maigret und die alte Dame*
Roman. Deutsch von Renate Nickel

*Maigret und der Mann auf der Bank*
Roman. Deutsch von Annerose Melter

*Maigret und der Minister*
Roman. Deutsch von Annerose Melter

*Mein Freund Maigret*
Roman. Deutsch von Annerose Melter

*Maigrets Memoiren*
Roman. Deutsch von Roswitha Plancherel

*Maigret und die junge Tote*
Roman. Deutsch von Raymond Regh

*Maigret amüsiert sich*
Roman. Deutsch von Renate Nickel

*Hier irrt Maigret*
Roman. Deutsch von Elfriede Riegler

*Maigret und der gelbe Hund*
Roman. Deutsch von Raymond Regh

*Maigret vor dem Schwurgericht*
Roman. Deutsch von Wolfram Schäfer

*Maigret als möblierter Herr*
Roman. Deutsch von Wolfram Schäfer

*Madame Maigrets Freundin*
Roman. Deutsch von Roswitha Plancherel

*Maigret kämpft um den Kopf eines Mannes*
Roman. Deutsch von Roswitha Plancherel

*Maigret und die kopflose Leiche*
Roman. Deutsch von Wolfram Schäfer

*Maigret und die widerspenstigen Zeugen*
Roman. Deutsch von Wolfram Schäfer

*Maigret am Treffen der Neufundlandfahrer*
Roman. Deutsch von Annerose Melter

*Maigret bei den Flamen*
Roman. Deutsch von Claus Sprick

*Maigret und die Bohnenstange*
Roman. Deutsch von Guy Montag

*Maigret und das Verbrechen in Holland*
Roman. Deutsch von Renate Nickel

*Maigret und sein Toter*
Roman. Deutsch von Elfriede Riegler

*Maigret, Lognon und die Gangster*
Roman. Deutsch von Wolfram Schäfer

*Maigret und der Gehängte von Saint-Pholien*
Roman. Deutsch von Sibylle Powell

*Maigret und der verstorbene Monsieur Gallet*
Roman. Deutsch von Roswitha Plancherel

*Maigret und das Schattenspiel*
Roman. Deutsch von Claus Sprick

*Maigret und die Keller des ›Majestic‹*
Roman. Deutsch von Linde Birk

*Maigret contra Picpus*
Roman. Deutsch von Hainer Kober

*Maigret läßt sich Zeit*
Roman. Deutsch von Sibylle Powell

*Maigrets Geständnis*
Roman. Deutsch von Roswitha Plancherel

*Maigret zögert*
Roman. Deutsch von Annerose Melter

*Maigret und der Treidler der ›Providence‹*
Roman. Deutsch von Claus Sprick

*Maigrets Nacht an der Kreuzung*
Roman. Deutsch von Annerose Melter

*Maigret hat Angst*
Roman. Deutsch von Elfriede Riegler

*Maigret gerät in Wut*
Roman. Deutsch von Wolfram Schäfer

*Maigret verteidigt sich*
Roman. Deutsch von Wolfram Schäfer

*Maigret erlebt eine Niederlage*
Roman. Deutsch von Elfriede Riegler

*Maigret und der geheimnisvolle Kapitän*
Roman. Deutsch von Annerose Melter

*Maigret und die alten Leute*
Roman. Deutsch von Annerose Melter

*Maigret und das Dienstmädchen*
Roman. Deutsch von Hainer Kober

*Maigret im Haus des Richters*
Roman. Deutsch von Liselotte Julius

*Maigret und der Fall Nahour*
Roman. Deutsch von Sibylle Powell

*Maigret und der Samstagsklient*
Roman. Deutsch von Angelika Hildebrandt-Essig

*Maigret in New York*
Roman. Deutsch von Bernhard Jolles

*Maigret in der Liberty Bar*
Roman. Deutsch von Angela von Hagen

*Maigret und der Spion*
Roman. Deutsch von Hainer Kober

*Maigret und die kleine Landkneipe*
Roman. Deutsch von Bernhard Jolles und Heide Bideau

*Maigret und der Verrückte von Bergerac*
Roman. Deutsch von Hainer Kober

*Maigret, die Tänzerin und die Gräfin*
Roman. Deutsch von Hainer Kober

*Maigret macht Ferien*
Roman. Deutsch von Markus Jakob

*Maigret und der hartnäckigste Gast der Welt*
Sechs Fälle für Maigret. Deutsch von Linde Birk und Ingrid Altrichter

*Maigret verliert eine Verehrerin*
Roman. Deutsch von Ingrid Altrichter

*Maigret in Nöten*
Roman. Deutsch von Markus Jakob

*Maigret und sein Rivale*
Roman. Deutsch von Ingrid Altrichter

*Maigret und die schrecklichen Kinder*
Roman. Deutsch von Paul Celan

*Maigret und sein Jugendfreund*
Roman. Deutsch von Markus Jakob

*Maigret und sein Revolver*
Roman. Deutsch von Ingrid Altrichter

*Maigret auf Reisen*
Roman. Deutsch von Ingrid Altrichter

*Maigret und die braven Leute*
Roman. Deutsch von Ingrid Altrichter

*Maigret und der faule Dieb*
Roman. Deutsch von Stefanie Weiss

*Maigret und die verrückte Witwe*
Roman. Deutsch von Michael Mosblech

*Maigret und sein Neffe*
Roman. Deutsch von Ingrid Altrichter

*Maigret und Stan der Killer*
Vier Fälle für Maigret. Deutsch von Inge Giese und Eva Schönfeld

*Maigret und das Gespenst*
Roman. Deutsch von Barbara Heller

*Maigret in Kur*
Roman. Deutsch von Irène Kuhn

*Madame Maigrets Liebhaber*
Vier Fälle für Maigret. Deutsch von Ingrid Altrichter, Inge Giese und Josef Winiger

*Maigret und der Clochard*
Roman. Deutsch von Josef Winiger

*Maigret hat Skrupel*
Roman. Deutsch von Ingrid Altrichter

*Maigret und Monsieur Charles*
Roman. Deutsch von Renate Heimbucher

*Maigret und der Spitzel*
Roman. Deutsch von Inge Giese

*Maigret und der einsame Mann*
Roman. Deutsch von Ursula Vogel

*Maigret und der Messerstecher*
Roman. Deutsch von Josef Winiger

*Maigret in Künstlerkreisen*
Roman. Deutsch von Ursula Vogel

*Maigret und der Weinhändler*
Roman. Deutsch von Hainer Kober

*Maigret in Arizona*
Roman. Deutsch von Wolfram Schäfer

● **Erzählungen**
*Der kleine Doktor*
Drei Erzählungen. Deutsch von Hansjürgen Wille und Barbara Klau

*Die schwanzlosen Schweinchen*
Erzählungen. Deutsch von Linde Birk

*Exotische Novellen*
Deutsch von Annerose Melter

*Emil und sein Schiff*
Erzählungen. Deutsch von Angela von Hagen und Linde Birk

*Meistererzählungen*
Deutsch von Wolfram Schäfer, Angelika Hildebrandt-Essig, Gisela Stadelmann, Linde Birk und Lislott Pfaff

*Die beiden Alten in Cherbourg*
Erzählungen. Deutsch von Inge Giese und Reinhard Tiffert

*Sieben Kreuzchen in einem Notizbuch*
Zwei Weihnachtsgeschichten
Deutsch von Michael Mosblech

*Neues vom kleinen Doktor*
Drei Geschichten. Deutsch von Renate Heimbucher und Bettina Klingler

*Das große Los*
Drei Geschichten. Deutsch von Günter Seib

● **Reportagen**
*Die Pfeife Kleopatras*
Reportagen aus aller Welt. Ausgewählt und mit einem Nachwort von Hanns Grössel. Deutsch von Guy Montag

*Zahltag in einer Bank*
Reportagen aus Frankreich. Ausgewählt und mit einem Nachwort von Hanns Grössel. Deutsch von Guy Montag

● **Biographisches**
*Intime Memoiren und Das Buch von Marie-Jo*
Deutsch von Hans-Joachim Hartstein, Claus Sprick, Guy Montag und Linde Birk

*Stammbaum*
Pedigree. Autobiographischer Roman. Deutsch von Hans-Joachim Hartstein

*Simenon auf der Couch*
Fünf Ärzte verhören den Autor sieben Stunden lang. Deutsch von Irène Kuhn. Mit einer Vita in 43 Bildern, einer Bibliographie und Filmographie

*Die Verbrechen meiner Freunde*
Autobiographischer Roman. Deutsch von Helmut Kossodo

Außerdem erschienen:

*Das Simenon Lesebuch*
Erzählungen, Reportagen, Erinnerungen. Ein Querschnitt durch das Gesamtwerk. Enthält u.a. ›Briefwechsel mit André Gide‹ und ›Brief an meine Mutter‹. Mit Chronik und Bibliographie. Herausgegeben von Daniel Keel. Zweite, erweiterte und verbesserte Auflage 1988

*Über Simenon*
Essays, Aufsätze und Zeugnisse von André Gide bis Alfred Andersch. Mit Lebensdaten, Bibliographie und Filmographie. Herausgegeben von Claudia Schmölders und Christian Strich. Zweite, erweiterte und verbesserte Auflage 1988

Stanley G. Eskin

*Simenon*
Eine Biographie. Mit zahlreichen bisher unveröffentlichten Fotos, Lebenschronik, Bibliographie, ausführlicher Filmographie, Anmerkungen, Namen- und Werkregister. Aus dem Amerikanischen von Michael Mosblech

# *Robert van Gulik*
# *im Diogenes Verlag*

*Der geschenkte Tag*
Ein Amsterdamer Kriminalroman. Aus dem Englischen von Klaus Schomburg. Mit einem Nachwort von Janwillem van de Wetering und 7 Illustrationen des Autors

Kriminalfälle des Richters Di, alten chinesischen Originalquellen entnommen. Mit Illustrationen des Autors im chinesischen Holzschnittstil

*Mord im Labyrinth*
Roman. Deutsch von Roland Schacht

*Wunder in Pu-yang?*
Roman. Deutsch von Roland Schacht

*Tod im Roten Pavillon*
Roman. Deutsch von Gretel und Kurt Kuhn

*Halskette und Kalebasse*
Roman. Deutsch von Klaus Schomburg

*Geisterspuk in Peng-lai*
Roman. Deutsch von Irma Silzer

*Mord in Kanton*
Roman. Deutsch von Klaus Schomburg

*Der Affe und der Tiger*
Roman. Deutsch von Klaus Schomburg

*Poeten und Mörder*
Roman. Deutsch von Ulrike Wasel und Klaus Timmermann

*Die Perle des Kaisers*
Roman. Deutsch von Hans Stumpfeldt

*Mord nach Muster*
Roman. Deutsch von Otto Wilck

*Das Phantom im Tempel*
Roman. Deutsch von Klaus Schomburg

*Nächtlicher Spuk im Mönchskloster*
Roman. Deutsch von Gretel und Kurt Kuhn

*Der Wandschirm aus rotem Lack*
Roman. Deutsch von Gretel und Kurt Kuhn

*Der See von Han-yuan*
Roman. Deutsch von Klaus Schomburg

*Nagelprobe in Pei-tscho*
Roman. Deutsch von Klaus Schomburg

*Richter Di bei der Arbeit*
Roman. Deutsch von Klaus Schomburg

»Umberto Eco stieg ins Mittelalter mit seinem Klosterkrimi *Der Name der Rose,* Richter Di lebt in der Tang-Epoche Chinas (618–905), und dieser Magistratsbeamte im alten Reich der Mitte ist ein wahrer Sherlock Holmes!
Hast Du, Leser, erst einmal am Köder des ersten Falles geschnuppert, dann hängst du auch schon rettungslos an den Haken, denn nach dem ersten Fall

kommt ein zweiter und danach noch ein dritter, und du schluckst und schluckst (mit den lesenden Augen), bis du alle Fälle verschlungen hast. Daraufhin eilst du fliegenden Fußes in die Buchhandlung, dir den nächsten Richter-Di-Roman zu besorgen, mit den nächsten Fällen.

Der niederländische Diplomat und Chinakenner Robert Hans van Gulik hatte 1949 einige Fälle des Richters Di übersetzt. Danach begann er, zum Teil gestützt auf andere klassische Kriminalberichte aus der chinesischen Literatur, eigene Geschichten um diesen legendären Beamten zu schreiben. Historie, Kultur und Lebensart der Zeit sind authentisch. Gulik beschreibt genau, aber immer fesselnd erzählend, das Leben in der chinesischen Provinzstadt Pu-yang, in der fern der Metropole von Barbaren und örtlichen Tyrannen bedrohten Grenzstadt Lang-fang und sogar in einer Art chinesischem Las Vegas, mit Glückspielhöllen und ordentlich kontrolliertem Gunstgewerbe (da gab es vier Klassen), auf der ›Paradiesinsel‹. Der Richter ermittelt in allen Fällen selber mit seinen verwegenen Gehilfen Hung, Ma, Tschiao und Tao, er urteilt ab und muß auch schlimmstenfalls bei den allerärgsten Hinrichtungen dabei sein, das verlangt das Gesetz. Übrigens hat Gulik die Geschichten in die Ming-Ära verlegt (1368–1644), aber das macht gar nichts – die Literatenprüfungen, die in China die Beamtenlaufbahn eröffneten, waren von Beginn des 7. Jahrhunderts an bis 1905 immer genau gleich, klassische literarische Bildung mußte beherrscht werden. Das alles und noch viel mehr kriegt man hintenherum mit, wenn man bei Richter Dis Kriminalfällen zum Chinaexperten wird... Bestes Lesefutter!«

*Til Radevagen/zitty, Berlin*

*Patricia Highsmith*
*im Diogenes Verlag*

»Die Highsmithschen Helden, gewöhnt an die pflaumenweiche Perfidie und hämisch-sanfte Tücke des Mittelstandsbürgertums, trainiert aufs harmlose Lügen und Verstellen, begehen Morde so, als wollten sie mal wieder Ordnung in ihre unordentlich gewordene Wohnung bringen. Da gibt es keine moralischen Skrupel, die bremsend eingreifen, da herrscht nur die Logik des Faktischen. Meist sind es Paare, enttäuschte Liebhaber, Beziehungen, die in der Sprachlosigkeit gestrandet sind, sich nur noch mittels Mißverständnissen einigermaßen arrangieren, ehe das scheinbar funktionierende Getriebe einen irreparablen Defekt bekommt. Diese ganz normalen Konstellationen sind es, übertragbar auf alle Gesellschaften, die die Autoren und Filmer im deutschsprachigen Kulturraum so faszinieren. Denn Patricia Highsmith findet für ihre seelischen Offenbarungseide immer die schauerlichsten, alptraumhaftesten Rahmen, die ihren ›Beziehungskisten‹ den rechten Furor geben.
Die Highsmith-Thriller sind groteske, aber präzise Befunde unserer modernen bürgerlichen Gesellschaft, die an Seelenasthma leidet.«
*Wolfram Knorr/Die Weltwoche, Zürich*

*Der talentierte Mr. Ripley*
Roman. Aus dem Amerikanischen von Barbara Bortfeldt

*Ripley Under Ground*
Roman. Deutsch von Anne Uhde

*Ripley's Game*
oder Ein amerikanischer Freund
Roman. Deutsch von Anne Uhde

*Der Junge, der Ripley folgte*
Roman. Deutsch von Anne Uhde

*Ripley Under Water*
Roman. Deutsch von Otto Bayer

*Venedig kann sehr kalt sein*
Roman. Deutsch von Anne Uhde

*Das Zittern des Fälschers*
Roman. Deutsch von Anne Uhde

*Lösegeld für einen Hund*
Roman. Deutsch von Anne Uhde

*Der Stümper*
Roman. Deutsch von Barbara Bortfeldt

*Zwei Fremde im Zug*
Roman. Deutsch von Anne Uhde

*Der Geschichtenerzähler*
Roman. Deutsch von Anne Uhde

*Der süße Wahn*
Roman. Deutsch von Christian Spiel

*Die zwei Gesichter
des Januars*
Roman. Deutsch von Anne Uhde

*Kleine Geschichten für
Weiberfeinde*
Eine weibliche Typenlehre in siebzehn Beispielen. Deutsch von Walter E. Richartz. Zeichnungen von Roland Topor

*Kleine Mordgeschichten für
Tierfreunde*
Deutsch von Anne Uhde

*Der Schrei der Eule*
Roman. Deutsch von Gisela Stege

*Tiefe Wasser*
Roman. Deutsch von Eva Gärtner
und Anne Uhde

*Die gläserne Zelle*
Roman. Deutsch von Gisela Stege und
Anne Uhde

*Ediths Tagebuch*
Roman. Deutsch von Anne Uhde

*Der Schneckenforscher*
Elf Geschichten. Deutsch von Anne
Uhde. Mit einem Vorwort von Graham Greene

*Leise, leise im Wind*
Zwölf Geschichten
Deutsch von Anne Uhde

*Ein Spiel für die Lebenden*
Roman. Deutsch von Anne Uhde

*Keiner von uns*
Elf Geschichten
Deutsch von Anne Uhde

*Leute, die an die Tür
klopfen*
Roman. Deutsch von Anne Uhde

*Nixen auf dem Golfplatz*
Erzählungen. Deutsch von
Anne Uhde

*Suspense*
oder Wie man einen Thriller schreibt.
Deutsch von Anne Uhde

*Elsie's Lebenslust*
Roman. Deutsch von Otto Bayer

*Geschichten von natürlichen und unnatürlichen
Katastrophen*
Deutsch von Otto Bayer

*Meistererzählungen*
Deutsch von Anne Uhde, Walter
E. Richartz und Wulf Teichmann

*Carol*
Roman einer ungewöhnlichen Liebe.
Deutsch von Kyra Stromberg

*Über Patricia Highsmith*
Zeugnisse von Graham Greene bis
Peter Handke. Mit Bibliographie, Filmographie und zahlreichen Fotos.
Herausgegeben von Franz Cavigelli
und Fritz Senn